ナイトランド叢書

エイルマー・ヴァンスの心霊事件簿

アリス&クロード・アスキュー

田村美佐子 訳

アトリエサード

AYLMER VANCE: GHOST-SEER

Alice & Claude Askew

1914

装画：中野緑

目次

侵入者……7
見知らぬ誰か……31
緑の袖……57
消せない炎……79
ヴァンパイア……107
ブラックストックのいたずら小僧……141
固き絆……171
恐怖……203
解説……232

エイルマー・ヴァンスの心霊事件簿

アリス＆クロード・アスキュー

田村美佐子 訳

侵入者

The Invader

「なんと美しい月明かりの夜だ！」唇からゆっくりと言葉を紡ぎだすと、エイルマー・ヴァンスはこちらを向き、表情の読めない瞳でわたしを見た。

わたしたちはふたりとも、サリー州のとあるちいさな宿屋に泊まっていた。人でごった返す暑苦しい談話室を逃れ、ふたりして、涼しくてかぐわしい庭へ出てきていた。

「なんとも不思議な気持ちがしないかね？」ヴァンスが訊いた。「こんな月明かりの夜は、なぜか切ない気分にならないか？　森羅万象の神秘を暴いてみたい――人間の踏みこむべきでない領域まで知識をひろげてみたい――たとえば未来を覗いてみたい、そんな気分にならないかね？」

わたしはうなずいた。

「そうだな」ゆっくりと彼のほうに顔を向ける。「ヴァンス、きみは心霊現象についてかなり研究を重ねているそうじゃないか。〈幽霊調査会〉の主事をしていた間、さぞ多くの経験をしたんだろう。ひとつ、そのうちのなにかを聞かせてくれないだろうか」

ヴァンスはかぶりを振った。「まさか」と慌てて答える。「デクスター、そんなものがきみにとって面白いはずはない。冷静沈着なる法廷弁護士のきみが、霊の存在など信じるものか」

「ずいぶんな思いこみだな」わたしはいい返した。「大いに興味があるとも。しかも今宵はまさしく幽霊話にうってつけの夜だ。天には白く輝く妖しい月――あちらにはねじくれた松林――しかも聞きたまえよ、あの枝間を吹き抜ける風のため息の、なんと憂いに満ちたことか！」

するとエイルマー・ヴァンスは微笑んだ。印象に残る男だ。すらりとした長身で、血色は悪いが、なんとなく目を惹く顔だちをしている。瑠璃色の、射抜くような鋭い瞳。細くて長い指。いかにも頑固そうに見えて――というか、どこか冷たい雰囲気に見えて――柔らかく響く声をしている。とうにわたしは、彼という人物の魅力にすっかり心を奪われていた。

出会いは二か月ほど前、ロンドンでのとある――紳士限定の――晩餐会でのことだった。エイルマー・ヴァンスという人物に興味を抱いたのはそのときだった。誰かが彼を指さし、あれが霊の見える男だとさ、なんでも幽霊狩りに精を出しているそうだ、と教えてくれたのだ。やがて運が味方してくれたのか、わたしたちはふたたび出会った。偶然にもここサリー州の同じ宿屋に泊まっていたのだ。わたしはカワカマス釣りに来たのだが、エイルマー・ヴァンスが《カササギ亭》で一週間もいったいなにをするつもりだったのか、結局最後までわからずじまいだった。とにかく、彼がいた。

たがいに顔は憶えていたので、ちいさな丸テーブルで一緒に食事をした。いま、ふたりで庭にたたずみ煙草を吸いながら、わたしは、なんとかここで彼とただの知り合いから友人になれないものかと――ほんものの友情が芽生えてくれないものかと――心から願っていた。だが彼はめったに友人をつくらないとも聞いていた――他人とはあまり関わりを持たずに孤高の生活を楽しんでいる、と。かなりの財産持ちのうえ、エセックスに築約百年の、ジョージ王朝様式の屋敷を持っているが、本人がイギリス国内にいることはめったにないそうだ。世界じゅうを旅していて――生まれながらの旅人なのだ――当然ながら独り身だった。

「きみがほんとうに興味があるというなら、わたしがこの数年、心霊現象の調査にひたすら打ちこんでいた間の奇妙な体験談を、いくつか話してさしあげよう」

いいながら、エイルマー・ヴァンスは煙草を投げ捨てた。そのおもざしに、苦々しげな表情が浮かぶ。

「心躍る冒険もあった」彼は続けた。「さまざまな状況に置かれた人間の姿も目の当たりにしてきた。いわゆる〝霊媒〟を名乗る人々が、じっさいはいんちきやペテンだったことも少なくなかった――〝憑きもの〟が悪さをしているといわれて行ってみればただの自然現象だった、なんてこともしょっちゅうだ。だが白状すると、このわたしでさえお手あげの事件もひとつやふたつなかったわけではない――この目で見、この耳で聞いても、やはり説明のつかないものというのはあるのだよ」

ヴァンスはひと息つくと、細長い指をした手をわたしの腕に載せた。

「あちらの隅の四阿《あずまや》に行こうか。六年ほど前、わが親友のふたり――アニー・シンクレアとその夫――の身に起こったできごとについて話そう。なにしろ、シンクレア夫妻を襲ったあの悲惨なできごとほど、わたしの心を深くえぐった事件はないからだ。じつは、わたしが心霊研究に興味を抱くことになったのも、もとはといえばシンクレアの事件がきっかけだった。真相はいまも謎に包まれたままで、いまもってわたしもうまく説明できないのだがね。あの一件については、いまだわたしは闇の中だ」

そう口にしたエイルマー・ヴァンスの声には、とらえどころのない、妙に差し迫った響きがあった。彼が遠い目をする。

「そうだ、きみにはシンクレア夫妻の話を聞いてもらおう」彼は繰り返した。「そうすればさすがのきみにもわかるはずだ。生半可な知識で未知の存在にうかつに手を出すとどれほど危険か、ということがね」

わたしの肩に手を置いたまま、彼は四阿へ向かった。四阿は庭の奥にあり、思い返すといまでもピリッとした松の香りが——むせ返るような強い香りが——鼻の奥によみがえる。松の枝間を吹き抜ける風が、ざわざわと不気味な音をたてていた——まるで、単調に繰り返される低い泣き声のように。

ふたりして四阿の中に腰をおろした。わたしは煙草に火をつけた。いやに月の明るい夜だった。月光が庭の隅々まで照らしている。だが遠くの松林の影は黒々と霞んでいて、どこか薄気味悪い。それでもこの機会だけは逃したくなかった。この話は絶対に聞いておかねばならないという気がした。

「ジョージ・シンクレアはオックスフォード時代の親友だった」ヴァンスは話しだした。「モードリン学寮を出たあともつき合いは続き、頻繁に会っていた。わたしが二、三年イギリスを留守にし、帰国するとジョージから大ニュースが届いた。スコットランド人の女性とつい先日婚約したというのだ。相手の名はアニー・リデルといった。

わたしはスコットランドへ赴き、結婚式に出席した。というよりも、花婿の付添人を務めた。

いまだからいえるが、じつはジョージがうらやましかった。なにしろ花嫁姿のアニーの美しさときたら、まるでうら若き女神と見まごうほどだったからだ。背の高い――大柄な、といったほうが合っているかもしれない――美人で、整った穏やかな顔だちに澄みきった青い瞳、物静かな優しい雰囲気と、ジョージとはなにもかも正反対だった――あの男は気が短く激しやすい質《たち》で、髪と瞳は黒々としており、どちらかといえば小柄だった。だがふたりは心の底から愛し合っていた――あれほどたがいを想い合っていた夫婦はなかなかいないはずだ。半年ほど経ってから――普通はそのあたりで夫婦げんかが始まるものだが――ウィルトシャー郊外の彼らの新居に泊まりに行ったのだが、そのときも、ふたりの仲むつまじさにわたしまでつい顔が緩んでしまうほどだった。だがジョージはかなり亭主関白だったようだ。アニーは自分の意見をめったに口にせず――まさに〝夫唱えて妻随《したが》う〟の見本のような夫婦だった。それでいてジョージは妻にぞっこんだった。わが妻はこの地上に神がつくりたもうた最も美しく完璧なる創造物だ、とばかりに――朝から晩まで彼女を誉め称え、アニーのほうも、そんな夫の態度をなにもいわずにこやかに受け止めていた。あれほどの美人でなければ、わたしもただの頭の弱い女だと思いこんでいただろう。なにせ自分の意見をなにひとつ持っていないのだ。だがあまりにも見た目が麗しいものだから、彼女を前にすると、くどくどと説教しようなんて気はどこかへ飛んでいってしまった。彼女の顔なら何時間眺めていても飽きなかった。まさに美しい絵画を前にして胸がときめくような、そんな心地がした」

ここでヴァンスはひと息ついた。松林を見つめていたかと思いきや、ひょいとわたしのほうに顔を向ける。

「そう、ふたりの結婚生活は、三、四年の間はほんとうに――この上なく――幸せに満ちていた。だがなかなか子どもに恵まれず、ふたりはふさぎがちになった――とはいえ、たがいを想う気持ちが変わったわけではなかった。むしろ同じ悲しみを共有することで、絆はよりいっそう固くなった。だがジョージは、わが子という興味をそそぐべき対象を持たなかったがゆえに、あろうことかオカルティズムに傾倒してしまったんだ。

あいつは子どもの頃からそういうものに関心があった。そんなある日のことだ、悪魔のいたずらか、たまたまそのときグレイタワーズに滞在していた考古学をたしなむ友人に、きみの土地には塚があるだろうといわれ、ジョージの目の色が変わってしまったんだ。塚、といってきみにわかるかね？――いまでもイギリスのあちこちにある、古いブリトンの墳墓のことだ。

さてジョージはこの友人にたきつけられて塚を掘り起こし、しかもその努力は報われた。ずっしりと重たい黄金の腕輪がふたつ出てきたんだ。あいつはそれは興奮して、この腕輪はドルイドの巫女のものだったにちがいない、とそれをたずさえて霊媒師のところへいそいそと向かった。しかもこの霊媒師とやらが、かつてこの腕輪をつけていた女について長々とでたらめをまくしたてた。この腕輪の持ち主は巫女にあらず、ブリトンの姫君なり、まれなる美女であったが妬み深く、面妖なる恋愛模様を繰りひろげた末、恋人の手で殺された腹黒い女であった、とね。

ジョージがこのつくり話をすっかり真に受けてしまったものだから、こんな二流三流の霊媒師でも、あとはこんなふうに吹きこむだけで充分だった。シンクレアさん、あなたは人間離れしたお力をお持ちだ、それにそちらの奥方さまは——いうには及ばぬだろうが、アニーはジョージが霊媒師のもとを訪れるときにはかならずついて来ていた——美しくしとやかで思慮深きそのおかたは、まさしく霊媒にふさわしきかただ、と。

ジョージは一も二もなく、みずからに与えられた能力をいまこそ使うときだと考えた。そして結婚したまさにその日から、まるで蠟《ろう》細工のごとく夫の意のままにかたちづくられてきたアニーもまた、夫が望めば進んでトランス状態に身をまかせた。彼女自身はオカルティズムになどまったく関心はなかったはずだ——少なくとも初めのうちは。愛する夫のために興味のあるふりはしていたものの、内心ではしだいに恐ろしくなってきた。分別のある女性だったから、こうした術にはなにがしかの危険がともなうであろうことに気づいたんだ。

それに——アニーがじっさいそう口にしていたのだが——死者の霊が自分の身体を通じて夫と話している、などというのはけっして気分のいいものではなかった。あの薄気味の悪いトランス状態とやらに入ってしまえば、自分の身体は生者と死者が交流をはかるためのただの乗りものと化してしまう、と信じこんでいたからだ。つまり自信がないわけではなかったが、逆にみずからの力を恐れてもいたのさ。

そうした積み重ねがやがて——アニーの神経を蝕みはじめたが、ジョージは気づいていなかった——あるいは見て見ぬふりをしていたのかもしれない。夜ごと、ジョージは渋る妻に術をかけてトランス状態に入らせ——何度も何度も実験を続けた。それが妻の健康をひどく害することになろうとは——やがては彼女の身も心もぼろぼろにしてしまうとは——あいつは思いもしなかったようだ。妻の献身により、この世のものならぬ神秘がじきに暴かれ——やがて霊界とこちらの世界をつなぐ道があらわれるはずだ、と頭から思いこんでいた」

ここでヴァンスはふと黙り、煙草を投げ捨てると——深く息を吸った。

「いいかね、わたしはジョージばかりを責めているわけじゃない。あいつは未知なる領域の探求者だった、そしてそうした連中の例に洩れず、最も身近な最愛の者を犠牲にすることすら厭わなかった、しかもアニーは完全にトランス状態に入っていた。彼女がつくり話をしていたとは思えない。もともと嘘をつくような女性ではなかったし——ヒステリー持ちでもなかった」

「つまり、アニーは完璧なトランス状態にあった、と?」わたしは口を挟んだ。

「わたしはそう思っている」ヴァンスは前屈みになり、眉間に皺を寄せて難しい顔をした。月明かりの中、そのおもざしはとても蒼白く見えた——まるで死人《しびと》さながらだ。肚《はら》を据えねばとてもこの話はできないようだ。固く握りしめた両の拳がそれを物語っている。「白状すると、じつはそのうちわたし自身が、アニーのトランス状態の神秘にすっかり心を奪われてしまったんだ。とりわけ、塚からあがった黄金の腕輪の持ち主だったというブリトンの姫君の霊がトランス状態のアニーに取り憑き、彼女の口を通じて——いいたいことが山ほどあったらしい——なんとも奇妙な話をしはじめたとあってはなおさらだった。

姫君は強い口調で、死んでしまったのがとにかく口惜しい、と何度も繰り返した——できることならもう一度生きたい、地を踏んで歩きたい、と。自分は死んでも死にきれずに苦しみつづけている霊、すなわち心霊用語でいうところの〝地縛霊〟で——とにかく肉体的な欲望を持て余しているのだ、といってはばからなかった。こともあろうにこの姫君はジョージに向かい、おまえが気に入ったからこのままずっとこの女の身体にいさせてもらうことにした、などといいだした――むろん、彼の人生においてアニーが占めている場所を横取りするつもりだったのだろうが、そのものいいの、なんとあけすけで身も蓋もなかったことか――まったく、粗野きわまりない女だった。アニーも気の毒に、いくら身体に取り憑いた霊がなにを口にしているのか知るよしもないとはいえ、あの唇からあのような言葉が飛び出すとは、見ているわたしにとってもかなり衝撃だった」

ヴァンスは腰かけたまま身体をもぞもぞと動かした――唇がぴくりと引きつる。人間とは思えないほど青ざめているように、わたしには見えた。

「それから降霊《セアンス》の儀式を二、三度おこなった。それはそれでじつに心惹かれる興味深いものだったが、そのときわたしはふと不安にかられた。突然なにもかもが恐ろしくなり――全身が総毛立った。この女の霊はじつに情熱的な言葉でジョージに語りかけている、しかもアニーの心優しき魂をもとの住処《すみか》に戻してやるつもりはまるでなく――このまま永遠にアニーの身体に棲みつづけるつもりだといっている。わたしはジョージに自分の考えをすべて話した。降霊術はやめたほうがいいのでは、ともいってみたが、あいつはまるで聞き入れなかった。あの男はもう――儀式にすっかりのめりこんでいて、実験を続けることしか頭になかった。

だが二週間ほどのち、ついにアニーが、これ以上術をかけられるのはいやだ、と夫にいった。最後に降霊の儀式をおこなったとき、姫君の霊を身体から追い出すのにたいへん苦労したという

――死んだ女の魂とそれは激しい争いを繰りひろげなければならず、もうわざわざあのような目に遭うのはうんざりだ、と。

『聞いてちょうだい、ジョージ、わたしは怖くてたまらないの』アニーは声をあげた。『あの姫君はわたしの身体を乗っ取ろうとしてる。わたしの身体を使って生き返ろうとしているわ。あのひとの力はとても――ものすごく――強くて、トランス状態から醒めようと思っても――起きろ、っていうあなたの声が聞こえて、目を覚ましたいと思っても――なかなか出ていってくれないの』

ジョージは笑い飛ばした。妻がなにやら戯言を並べている。だがいっぽうで、儀式をやめてくれと口出しされたことには本気で腹を立てていた――やめるものか、とあいつは妻にいった――なにがなんでも研究を進めたかったからだ。

さてアニーもずいぶん粘ったが、結局は折れた。それだけ優しい女だった。トランス状態にさせられるのはもういやだ、としきりに口にする彼女を、ジョージは鼻で笑ってもう一度すわらせた。これが最後よ、とアニーは繰り返しいった。妻の言葉を本気にしていたのかどうかはわからないが、どちらにせよ、ジョージはわたしに、グレイタワーズに来てこの最後の降霊の儀式を見届けてくれ、と知らせてきた。だが結局わたしは行くことができず、夫妻はふたりきりで、ジョージの悪魔の策略に向き合うことになったんだ」

ヴァンスがふいに立ちあがった。げっそりとやつれて見える。シンクレア夫妻の身に起こった悲劇は、彼にとっても悲劇だったということか。

「あれからもう何年も経つというのに、グレイタワーズでのできごとを思いだすといまでも胸が悪くなる。デクスター、もうきみも気づいているだろうが、すべてを聞かされたのはなにもかも終わってからだった――ジョージの口から」

ヴァンスは四阿の扉に向かって歩いていった。細い顔が苦しげに引きつり、両の掌をしきりにひらいたり閉じたりしている。

「儀式はある土曜の夜におこなわれた――それもジョージから聞いたことだ。なにしろわたしは結局、あとから一部始終を彼の口から知らされることになったわけだからね。アニーはあっという間にトランス状態に入った――本人は不安がり、必死に拒んでいたそうだが――やがて例によってブリトン人の女の霊があらわれ、彼女に取り憑いた。すこしでも呪縛を強くするため、アニーには塚から掘り出した黄金の腕輪をつけさせていたので、その両腕にはずっしりと重い枷《かせ》がぶらさがっていた。あの、野蛮なる太古の昔からやって来た遺物がね。夫の書斎にすわらされたアニーは、当事者であるにもかかわらず手も足も出ない状態だったが、降霊の儀式をいよいよ始めるというとき、それまでもたびたび口にしてきた言葉をいま一度繰り返した。わたしがあなたのいうとおりにトランス状態を受け入れるのはこれで最後よ――いつもどれほど自分の身体に戻るのに苦労しているか、と。意識を失う直前、アニーは夫にいった。ほんとうにこれっきりよ――二度とこうしろとはいわないでちょうだい、と。まさしくこの言葉がひとつの引き金になったのだろう。アニーが本気でそういっており、アニーの唇を通じて自分の想いを語る機会はおそらくこれを最後にもう二度と訪れないだろうことを、ブリトン人の女の霊はこのとき悟ったにちがいない――行き場のない女の魂はアニーの身体の中で、アニーの力に抗う決意をした――欲しいものを手に入れるために」

「いったいなにが起こったんだ？」わたしは慌てて口を挟んだ。「シンクレア夫人がトランス状態から抜け出せなくなってしまったのか？　それともまさか心臓が突然止まって――その晩に亡くなってしまったのではないだろうね？」

「そのほうが――どれだけましだったか」ヴァンスは苦々しげに答えた。「だがそれよりも――もっと――恐ろしいことが彼女の身に起こった。アニーの身体を完全に乗っ取ったあの悪魔のごときブリトン女の霊は、頑としてそこから出ていこうとしなかった。ジョージが妻をトランス状態から目覚めさせようとしたとき、もうひとりの女は――情欲にまみれた太古の女は――アニーの瞳で彼を見つめた。ジョージは気づいた、妻の恐れていたことがまさしく現実になろうとしていると。新たな宿主が妻の身体に棲みついていた――とうとう追い出すことができなくなってしまったんだ。ここでさらに身の毛もよだつおぞましいことが起こった。デクスター、それがなんだか、きみには想像がつくかね？」

ヴァンスはこちらを向き、わたしの腕に片手を載せた。指が震えている。

「信じてくれるかどうかわからないが――あまりにも突飛な話なのでね――こうして話しているわたし自身にさえ信じがたいくらいなんだ。だがジョージはいっていた。このとき、愛情あふれる妻の優しき魂は戻れなくなっていた――ブリトン女の霊が居すわってしまったのだ、と。目の前でアニーの顔がみるみる変わり――妖しい表情が浮かんだ。さらに、この胸の悪くなるような恐ろしい光景にさらに追い打ちをかけるかのごとく、妻を名乗るこの女は、激しく彼を愛撫しはじめた——荒々しく、欲望のままに——彼女の燃えるような熱い口づけを拒むことも、彼女の腕から逃れることもできなかった。事が終わると、女は食べものと飲みものが欲しいといい、むさぼるように飲み喰いすると、鼻歌を歌いはじめた。するとそれに応えるように、屋敷の外から人々の歌声が聞こえてきたというのだ——低いうなりのような歌声が。まさしく悪夢——身の毛もよだつ悪夢のようなできごとだった。

数時間経つと女はようやく眠りについたが、眠っている間もジョージの手を握り——けっして離すまいとした。やがて女は夜明けに目を覚ますと、なんとも奇妙な耳慣れぬ歌を口ずさみはじめ、歌いながら、アニーのなによりも自慢のみごとな金色の髪を梳《くしけず》った。ジョージはベッドに横たわったまま恐れおののき、心底震えながら、美女がつややかな髪を梳っているさまを見つめていた。恐ろしかった——ただ目の前の女が恐ろしくてたまらなかった、とあいつはいっていた」

ヴァンスはふと黙りこみ、やがて奇妙な、乾いた笑い声をたてた。

「きみがなにを考えているかはだいたい想像がつく。おおかた、アニー・シンクレアは降霊の儀式を夫に何度も強いられたせいで気がふれてしまったにちがいない、とでも自分をなだめているんだろう。それなら外見やしぐさの変化にも——彼女の奇妙きわまりないふるまいにも——説明がつく。しかもこのときのジョージは怯えていて、気が動転していた——そう、猫のごとく神経過敏だった——正気を失い、明らかに理性を失ったようすの妻にすっかり肝をつぶしていたからだ。と、まともな人間ならそう考えるだろう——これなら辻褄は合う」

「きみの意見には賛同しかねるな」わたしは聞きとがめた。「悪霊憑きが事実として証明された事例は、これまでにもいくつかある」そこで口ごもったが、やがて目をそらしたまま、思いきってヴァンスに問いかけた。「そのあとシンクレア夫人には会ったのか——その、降霊の儀式のあとには」

「会った。ジョージから速達電報を受け取ったその足でグレイタワーズに向かった。アニーはまるで別人だった——まるで常に身がまえているように見えたが、わたしはジョージにはあえてなにもいわず、平静を装っていた。そうする以外になにができる？　だがわたしも初めから気づいていた。アニーの美しい身体にはなにか悪いものが——まがまがしい邪悪な霊が——棲みついていると。そのまなざしに宿った淫らな光に胸が悪くなった——見るにたえない顔だった。その唇に浮かぶ笑みのなんと冷たいことか。ジョージを見つめるそのまなざしは、まるで鼠を狙う猫さながらだった。ひっきりなしに動いている両手の——その不気味さといったら。ほんもののアニーならば絶対にないことだが、大股でドタドタと歩きまわり、服も——アニーの服に間違いなかったが——しどけなくはだけていた」

ヴァンスはふたたびわたしの隣に腰をおろした。息が荒い。玉のような汗を額に浮かべ、身体を震わせている。こんなに暑い夜だというのに。

「こんな恐ろしいことがあるか、デクスター？」彼の声はかすれていた。「こんな恐ろしいことが？　そう、ジョージとわたしはすでに確信していた。アニーの身体は女の悪霊に乗っ取られてしまったのだ、と。温もりと愛情に満ちた彼女の優しき魂は——この世における住処《すみか》に戻ろうと必死だったが、侵入者も強情だった。アニーが戻りたくても戻れずにいることがわたしたちにはわかっていたし、おまけに——認めたくはなかったが——現実にありがちなように、まさしく悪が善を打ち負かしつつあることにもうすうす感づいていた。だが、ジョージとしては思いだしたくもなかっただろうが、じつは悪しきものの懐へわざわざ飛びこんでいったのは——まがまがしい事態を引き起こしたのは——まぎれもなくジョージ自身だったんだ。そう、まぎれもない——みずからの手によって」

「なんということだ——まったく気の毒に！」思わずそう口からこぼれた。わたしはもう、ヴァンスの話を信じずにはいられなくなっていた——彼の口調があまりにも真実味に満ちていたので、わたしはいつしか身を乗り出していた。「それでどうなったんだ、ヴァンス——結末は？」

「結末か」ヴァンスは深く息をついた。「まあ、愉快な幕切れではなかったよ、デクスター」彼がふたたび立ちあがる。月明かりに浮かびあがるその顔は、すっかり血の気を失っていた。「グレイタワーズには一週間ほど滞在した——それ以上は一日とて無理だった。例のあれが——アニーの身体に取り憑いたものが——ついに本性をあらわしはじめたからだ。ジョージの妻はもはやこのとき——残虐なおこないに悦びをおぼえる野卑な女になりさがっていた。ある日彼女は、ジョージの飼い犬を、呼んでも来なかったからと半殺しにした——ジョージは棒を振りあげる妻の両手首をつかみ、私室へ引きずっていった。そこでなにがあったのかは知らないし——知りたくもないが、おそらく妻をしたたかに殴ったんだろう——まさしく彼女が犬にしたように。階下《した》へおりてきた彼女は悄然としていた。だが翌日になると、今度は鳥が殺された——アニーの飼っていたカナリアだ――彼女はふいに鳥籠のほうへ歩いていき、鳥をむんずと捕まえて首をひねりあげたんだ。さえずる声がうるさい、とね。わたしがその日の午後にグレイタワーズをあとにしたのも無理はなかろう？――だがとどまるべきだったんだろうか、ジョージのために――そしてアニーのために」

ヴァンスは腕を組んだ。涙をこらえるかのように、もうひとつ深く息をつく。

「二週間後、ジョージから便りが来た。あれからますますひどいことになった、と綴られていた――あの女――いまやジョージは妻をそう呼んでいた――は、アニーのお気に入りの雌馬を乗りつぶして死なせてしまったばかりか――グレイタワーズの使用人たちも、奥さまの尋常ならざる変わりようには――あんなひどいふるまいには――ついていけません、とひとり残らず暇《いとま》を告げて去っていった、と。

今夜こそあの女をトランス状態に入らせ、邪悪な魂をアニーの身体から追い出してやる、と手紙には書かれていた。だが読み終わらぬうちにもすでに結果は見えていた――なぜかわたしにはわかったんだ――あの女がそれを受け入れるはずがない、と。頭のよさと狡猾さでは彼女がはるかに上まわっていた。そしてやはりわたしが正しかった。二日後、ジョージからふたたび手紙が届いた――あの女は儀式を頑として拒んだ、と。

手紙はこう続いていた。あの女はますます凶暴になり、野蛮になった。グレイタワーズには異様な――邪悪な――気配が漂い、夜ごとなにやら奇妙な物音がする。低いつぶやきやとどろきのような音が屋敷じゅうに響きわたるのだ。昨日はひどい雷雨で、まるでグレイタワーズの真上に嵐が来ているようだった。あの女は窓辺にたたずみ、嵐に向かって笑い声をあげていた。二匹の飼い犬も吠えっぱなしなので、ついにほかへやることにした。もうこの屋敷には使用人ひとり残っていない。異変に気づいたのか、隣人たちもぱったりと訪ねてこなくなった。どうやらわたしは神にも人にも見捨てられたらしい、と」

ヴァンスがふと言葉を切った。

「手紙を受け取ったわたしは、とにかくグレイタワーズに戻らねばと思った——哀れなわが友のもとへ急がねば、と——デクスター、だがわたしはそうしなかった。行かなかったんだ。かわりにジョージに宛てて長い手紙を書いた。アニーの身体に取り憑いた邪悪な霊を祓うことのできるような、誰か名の通った霊能者に助けを求めてもいいんじゃないかね、と。だがジョージにはその気はなかった。世間に恥をさらしたくなかったんだろう。あるいは自分ひとりの力で片をつけようとしていたのかもしれない。

ジョージは女を連れてグレイタワーズを出た。そしてダートムーアにちいさな家を借り、そこからふたりきりでの闘いが始まった——ジョージとあの女との長い闘いが始まったんだ。あいつは来る日も来る日も——来る夜も来る夜も——さまざまな力加減を試し、あの女をトランス状態に入らせようとしたにちがいない。だがあの女はけっして出ていこうとは——退こうとは——しなかったし、アニーの魂も——きみにも想像はつくだろうが——女の背後で漂いながら、なりゆきをじっと見守っているしかなかった——苦しみに悶えながら。

小屋に使用人を置くことはできなかった。そのかわり、朝になると村の女がやって来て、必要最低限の掃除洗濯や食事の支度をしていってくれた。そうして日々が――長く蒸し暑い真夏の日々が――過ぎていき、やがてジョージからの便りもとぎれた。いったいなにがどうなったのか、わたしは闇の中に置き去りにされてしまった」

ヴァンスはふたたび、どさりとすわりこんだ。両手で顔を覆う――あの細長い、繊細な指で。

「わたしはジョージの沈黙に、そして置き去りにされたことに耐えられなくなり、ついにダートムーア行きを決意した。ジョージに手紙を書き、そちらへ行くつもりだから、きみが泊めてくれるか村に宿を手配してほしい、と頼んだ。電報で届いたのは、来るな、という返事だった。

来テモ無駄　打ツ手ナシ　モウカマウナ

わたしはいわれたとおりにした。わたしは――ふたりを見捨てた」

長い沈黙が漂った。その沈黙を破る気にはなれなかった。震える風が松の枝をざわめかせ、哀しげな沈んだ音をたてている。強い松の香りがぴりりと鼻をついた。

ふいに月が雲に隠れ、エイルマー・ヴァンスとわたしは闇に包まれた。闇がたがいの顔を隠してくれて、わたしは内心ほっとした。このときわたしはヴァンスの顔を見ていたくなかったし、彼のほうもわたしの顔を見ていたくなかったはずだ。

「最後まで聞きたいかね、デクスター?」

「聞きたいね」

「そう、電報を受け取った二日後のことだ。わたしは行きつけのクラブの喫煙室にいた。すると新聞売りの少年が数人、ロンドン訛りのかん高い声をあげながら通りを駆けていった。『ダートムーアで凶悪殺人事件——ダートムーアで凶悪殺人事件』と。そこでわたしは一瞬にしてすべてを悟った。

わたしは外に出て新聞を買い求めた。紙面にはこう書かれていた。昨夜、ジョージ・シンクレアなる紳士が妻を殺害。氏はダートムーアに借家したばかり。居間で妻の心臓をナイフでひと突き、その後未明に銃で頭を撃って自殺——と。

シンクレアが妻を殺したあと、遺体を夫婦の寝室へ運び、高級な白いサテンの化粧着を着せて、長く美しい金髪を梳り、蠟燭を山ほどともしてベッドの周囲に並べ、それから狭い庭へ出ていき、花をありったけ摘んでくると、死んだ妻の上にまき散らし、さらによい香りのする花を彼女の足もとに積みあげた、というロマンティックな部分も抜かりなく記事にされていた。殺人の動機は見当たらない——と書かれていた。そう、記者どもはここぞとばかりにシンクレア家の謎を面白おかしく書きたてたんだ。やつらは誰ひとりとして——連中のうちで頭の一番切れるやつですら——知りもしなかった。わたしが閉ざした口をひとたびひらけば、あの犯罪の真相が明らかになるなどとは。だがわたしはいっさい口を閉ざしていた。

それでもわたしはすぐダートムーアに向かい、ジョージとアニーに別れを告げてきた。あの悪魔のごとき女が割りこんでくるまでは、ふたりは愛情にあふれた楽しい人生を送っていたのだし、たとえ死してもふたりが離れることはけっしてないのだから。

夫妻は同じ日に埋葬された。検視審問ではやはり〝一時的狂気〟という評決がくだされた。一緒の墓に収めてやれればよかったのだが、世間体としてそれは許されなかった。殺人の加害者と被害者を同じ墓に入れることはできない。しかたあるまい、真夏の暑い夜、ジョージ・シンクレアの手で胸にナイフを突き立てられたのは彼の妻ではなく――石器時代から来た得体の知れない女だったなどとは、だれひとり知るよしもなかったのだから」

ヴァンスはここで言葉を切り、ふたたび、どこかぎこちない陰気な笑い声をたてた。顔に当てていた両手をおろす。

「なんとも妙な話だろう、デクスター――さすがに受け入れがたいんじゃないかね？ 信じてくれとも――本気にしてくれともいわないよ。シンクレアとわたしがふたりしてはなはだしい妄想に取り憑かれただけなのかもしれない。幾度も幾度も降霊の儀式にさらされるうちにアニーの人格が削られていったのを、わたしたちが悪霊憑きと勘違いしただけなのかもしれないし、あるいは神経をやられてしまった彼女がときおりヒステリーを起こしていただけなのかもしれない。シンクレア家の一件は、ほんとうは悪霊憑きとはなんの関係もなかったのかもしれない。だが悲劇だったことにはちがいない――ぞっとするような悲劇だった、そう思わないかね？」

「そのとおり、ぞっとするような悲劇だ」わたしは彼の言葉を繰り返した。その瞬間月が姿をあらわし、わたしとエイルマー・ヴァンスの目が合った。前屈みになったわたしは、つい彼の腕に手を置いてしまった。「だがきみは信じているんだろう？」かすれた声でいった。「そうだ、きみは信じているんだ。あの死んだ女の霊が――ブリトン人の女の霊が――アニー・シンクレアの身体を奪ってしまったんだ、と。きみもわたしと同じ考えのはずだ――世間ではアニー・シンクレアと信じられているあの女をジョージが殺したのは、正しいことだったと」

「わたしにはわからない――はっきりとそうはいえない」ヴァンスは答えた。「だがこれだけは確かだ。ジョージがアニーをあのような儀式に引きこまなければ――あいつが塚に手を出したりしなければ――太古の死者が眠る墓を暴いたりしなければ――いまもふたりは生きていたはずだ。地縛霊などに――土まみれの穢《けが》れた欲望しか持ち合わせていない霊などに――関わりを持てばろくなことにはならない。いいかね、アニーはそれをわかっていたし、気づいてもいた。歳のわりにはジョージよりも賢かったのに、ただ心優しく気弱だったというだけで――」

ヴァンスは口を閉ざし、最後までいい終えることはなかった。だが彼が慌てて手を目に当てたのを見て、わたしは気づいてしまった――ふいにわかってしまったのだ――いかにもエイルマー・ヴァンスらしいが、彼は誰にもいわずひそかに、友人の妻に淡い想いを抱いていたのだ。夫にすべての心を捧げたこの女性に。

わたしたちは四阿をあとにした。松林はあいかわらず黒々と不気味な姿をさらしている。自然の女神は、数えきれないほどの秘密を人間の目から隠していて――けっしてわたしたちには見せてくれようとしないらしい。

わたしはヴァンスの腕に置いた手に力をこめた。

「ヴァンス」小声でいう。「じっさいに幽霊をその目で見たことはあるのかい――別世界から訪れた者の姿を？」

「見たことがあるか、だって？」彼が笑みを浮かべた――いたずらっぽい笑みだ。「そうだな、ではかつてわたしが出逢った、可憐な幽霊の話をしてやろう。ただしきみが、明日の夜もここに泊まって次の日カマス釣りに行く予定ならば、だがね。そうだ、わたしがどこで〈緑の袖のきみ〉《レディ・グリーンスリーブス》と出逢ったか聞かせてやろう。その話なら悲劇的なところはまったくない。なにせただの体験談――それもロマンティックな体験談だからね」

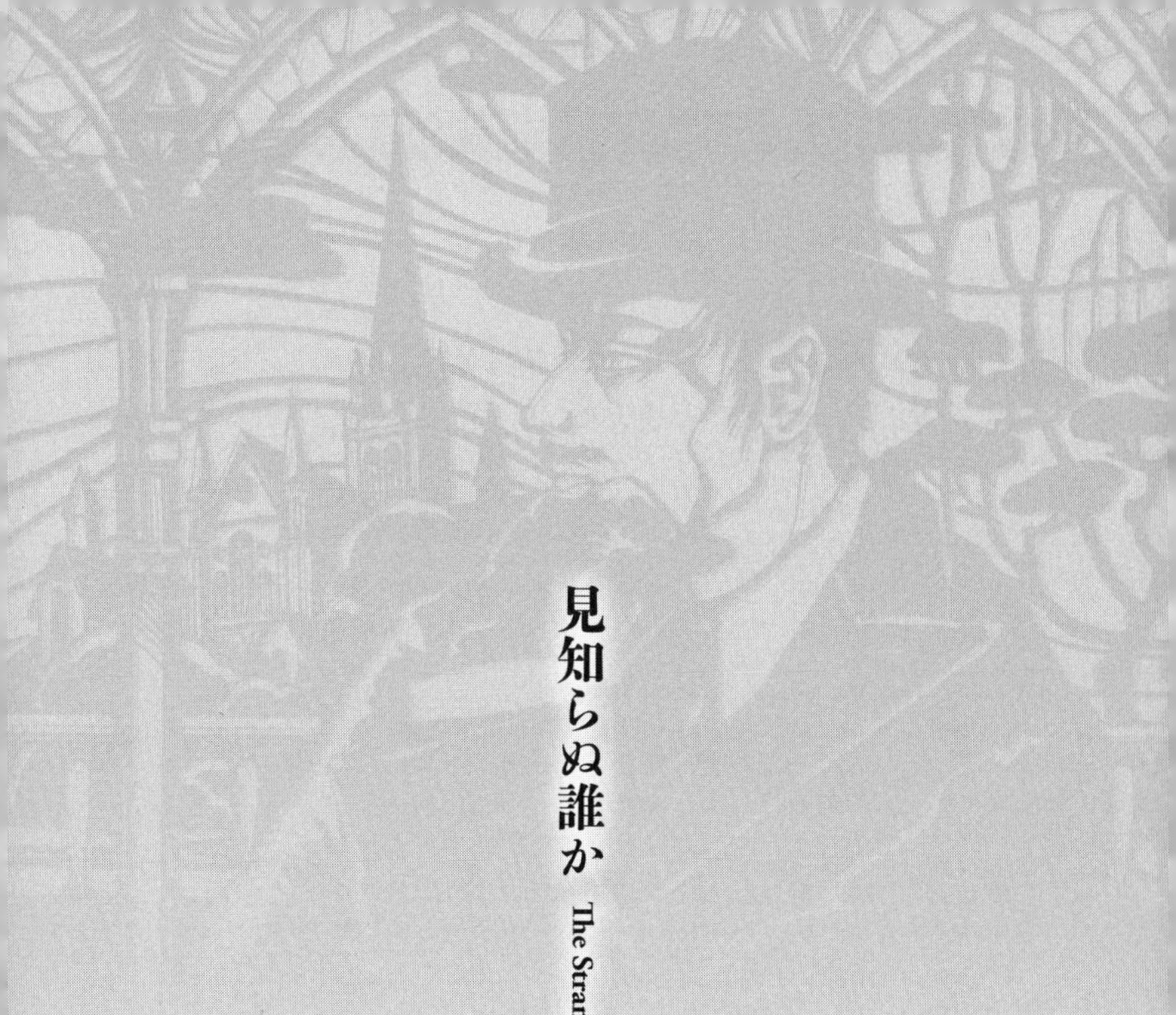

見知らぬ誰か

The Stranger

エイルマー・ヴァンスには、明日の夜にはかならず〈緑の袖のきみ《レディ・グリーンスリーブス》〉なる可憐な幽霊の話を聞かせてくれと頼んでおいた。とうにおわかりだろうが、むろんわたしは明日も《カササギ亭》に泊まり、明後日の朝にはまたカマス釣りに行くつもりだった。ほんとうのことをいえば、とりあえず一週間はサリー州に腰を据えるつもりだった。週明けまではここにいるつもりだということをヴァンス本人の口から聞いて、それならわたしもできるだけ長くここにいて――新たな友人と親睦を深めようと思ったしだいだ。

わたしは昨夜エイルマー・ヴァンスが聞かせてくれた奇妙な話を思いだしていた――シンクレア家の悲劇の物語だ。あのとき感じた恐怖がいまだ拭えず――昼となく夜となくわたしにまとわりついていた。そしていま、こうして古めかしい宿屋の談話室でくつろぎながら、いったいヴァンスはそれ以外にどのような摩訶不思議な体験をしてきたのだろうかと思いめぐらせていたところだ。

この夜はあいにくの天気だった。月は出ておらず、激しい雨――それもどしゃ降りの雨が降っていた。急激に気温がさがり――あまりにも湿気が多くて肌寒かったので、宿の女主人が気を遣って暖炉に火をともしてくれた。パチパチとはぜる暖炉の火を眺めていると心が和んだ。しかも談話室は少々かび臭いのでありがたかった。部屋に火が焚かれているというのはいいものだ。

夕食のあと談話室に行くと、ヴァンスは大きな安楽椅子を暖炉のそばに引いていき、薄い唇にかすかな笑みを浮かべながら、燃えさかる炎に両手をかざした。

「ああ、快適だ」彼は声をあげた。「ほんとうに、じつに気持ちがいい。ポートワインのボトルでも頼もうか。年代もののワインを傾けながら、使い古されたジョークでも交わそうじゃないか。外で嵐が吹き荒れていることなど忘れてしまおう」

「むろん〈緑の袖のきみ〉の話は聞かせてもらえるんだろうな」わたしは口を挟んだ。「そのレディに乾杯しよう――きみの甘き思い出に――さぞかし心優しく美しい娘だったんだろうな」

「〈緑の袖のきみ〉は小柄で、黒い髪をしていて、まるでまばゆく燃えるちいさな炎のようだった。だが今夜はまだその話はお預けにしておこう。もうすこし暖かい、星々の瞬く夜まで待とうじゃないか。そのかわりに今夜はダフネ・ダレルの話をしてやろう――そう、ダフネ・ダレルの」

ヴァンスが椅子を近づけた――その瞳は燃えさかる炎の中心を見つめている。先ほどまでとは声がまるで違う――どこか悔しげな、穏やかな声だ。

「そうだ、今宵はダフネ・ダレルの話をしよう。そしてもし明日の夜に雨があがっていたら、可憐なる〈緑の袖のきみ〉のことを――わたしがじっさいに出逢った可愛らしい幽霊のことを――ひとつ残らず話してやろう。きみになら話してもいいという気がするよ、デクスター、どうやらきみもロマンチストのようだからね。敏腕弁護士でもあり夢想家でもあるきみは、ダフネ・ダレルの物語をいったいどのように受け止めるだろうか。なんにせよ、詩情あふれるこの話にはきみも心を動かされるだろう――ぜひそうであってほしい」

ヴァンスが前屈みになる。色の薄い痩せた顔に、暖炉の火の明かりが躍った。彼がちいさく笑う。

「偉大なる自然の力というものを――われわれはなぜ信じなくなってしまったんだろうな、デクスター――いにしえの神々や女神たちといった、失われし信仰の対象を。われわれ現代人は先人たちよりも賢いかもしれないが、ひょっとすると逆なのかもしれない。だがそれを決めるのは神々の――森羅万象を知り尽くしている者たちの――仕事だ」

ヴァンスはふいに黙りこみ――わたしもだいぶ彼のこの癖に慣れてきた――やがてはっとわれに返ったように、顔をあげてわたしを見た。

「ダフネ・ダレルの話だったな。たまたまわたしは彼女の後見人だった。ダフネはわたしの従兄《いとこ》の忘れ形見でね、彼は結婚後わずか半年で、若くして非業の死を遂げた。従兄夫婦はいわゆる野外生活愛好者のはしりでね。家は裕福だったが、夏になると大きな幌馬車で田舎を回りながら暮らしていた。いわばロマの民のような生活を送っていたんだ。

悲劇が起こったのは、夫妻がそうした幌馬車生活を送っていたときのことだった。ある朝、ロバート・ダレルがテムズ川で水浴びをしていたところ、突然痙攣を起こして妻の目の前で溺死してしまったんだ。夫を深く愛していたルーシー・ダレルは気の毒に、悲しみのあまりしばらくふさぎこんでいたが、お腹の子のためにもなんとか立ち直った。だがダレル家に戻ってこいという声にはまるで耳を貸さなかった――立派な屋敷がハンプシャーにあったんだがね――ルーシーはそのまま夏じゅう旅の生活を続け、やがてある夜のこと、セイヴァーネイクの森の中に停めた幌馬車の中で赤ん坊を産んだ。

哀れなルーシーは産後数日して亡くなったが、悲しみに打ちひしがれていた彼女にとっては、そのほうがむしろ幸せだったかもしれない。だがダフネにとっては――赤ん坊は母親のたっての願いでそう名づけられた――なんともつらい運命だったはずだ。なにしろ、物心もつかないうちに両親に死なれてしまったんだからね。だがすぐに伯母が名乗り出た――かならずいるだろう、誰かが困っていたら手を差しのべてくれる、善良なる独り身のご婦人というのが――で、ミス・ジェーンがダレル屋敷でダフネを育てることになった。ずいぶんと献身的なおこないだったといっていいだろう。なにせ、洒落た家とおおぜいの友人をロンドンに置いてきたんだそうだからね。

ミス・ジェーン・ダレルは上品で感じのいい老婦人だった。だからわたしも、旅から戻ってはダレル屋敷を尋ねるのが楽しみだった。そのたびにちいさな被後見人がすこしずつ成長しているさまもじつに興味深かった。不思議な子でね、考えかたもふるまいも奔放で、乳母兼家庭教師の伯母はほとほと手を焼いていた。なにしろじっと机に向かっているのが大の苦手で、屋敷の中にずっといると具合が悪くなる。許されるなら森の中や、屋敷と外の世界を隔てるみごとな庭で一日じゅう過ごしたがるような子だったんだ。ダフネが屋根の下での暮らしを断固として拒否するので、ついにミス・ジェーンも根負けして、姪をほうっておくだけほうっておいた。その結果、ダフネは美しく成長したものの、まるで教養のない――森の野生動物のような――娘になってしまった」

「美人だったのかい？」わたしは椅子の背もたれに身体を預け、訊ねた。暖かくこぢんまりしたこの談話室でゆったりとくつろぎながら、屋根の外に響く雨の音や切なげにうなる風の音に耳を傾けているのはじつに心地よかったし――こうしてエイルマー・ヴァンスの話を聞いているのも楽しくてしかたがなかった。

「美人、か――ダフネ・ダレルがどれほど美しかったかって?」ヴァンスは笑い声をあげた。「それはもう、十八歳を迎える頃には、この世に降り立ったいかなるものも敵わないほどの美しさだったとも！　松の若木のごときすらりとした長身、光をたたえた紺青の瞳、目をみはるほど豊かな金色の髪。おもざしはギリシャ彫刻そのもので、かのクリュティエ（太陽神アポロンに愛された美しい水の精）でさえうらやむような額――そして眉――をしていた。その容姿は非の打ちどころがなく――まさしく完璧だった。その姿は森の精《ニンフ》を思わせ、伯母の自慢の種なのもうなずけた。姪ほど素晴らしい存在はこの世のどこを探してもいない、とミス・ジェーンは思っていたし、おそらく彼女ばかりでなく誰もが同じように感じていただろう。日付に無頓着だろうが、読み書きが惨憺たるものだろうが、歴史の知識が皆無だろうが、フランス語の発音が聞くにたえないものだろうが、それがなんだというんだね？　ダフネが部屋に足を踏み入れれば、そこにいる女性はみな霞んでしまう。彼女は若さと強さの生ける化身そのものだった。その澄んだ美しい声はまるで打ち寄せる波の音のようで、さらに笑い声ともなれば――まだ世界が明け初めし頃、森のニンフたちはあんな声で笑っていたにちがいないと思うような声だった。いまどきの娘たちには、まるでそんな魅力はないがね。

あの子はわたしをとても慕ってくれていた。なにか通じ合うものがあったんだな――不思議な仲間意識、とでもいおうか。はるか昔のことだが――ダフネがまだ八、九歳だった頃のことだ

――あの子は重大な秘密をわたしに打ち明けたんだ。それまで誰にも、ミス・ジェーンにすら話せずにいた秘密を。ある日の午後のことだった。緑豊かな――そう、屋敷の正面の広いテラスを――ふたりで散歩していると、あの子がわたしに耳打ちした。森の中でいつも会うひとがいて――どうやら背の高い男らしい――一緒に遊んでくれるの、と。

『あたしが葉っぱの陰に隠れてね、隠れんぼするんだ』ダフネはいった。『だけどあたしは捕まったりしないの――とっても上手に逃げるから。そのひとね、背が高くて、恰好よくて、すっごく強そうなのよ』

『ダフネ、知らない人と遊ぶものじゃないよ』わたしはたしなめた。『それが若い男ならなおさらだ。近所の若者かい？』

するとダフネは首を横に振った。あのときあの子が唇に浮かべたいたずらっぽい大人びた笑みが、いまでも目に浮かぶ。

『近所の――？　まさか！』彼女は答えた。『それに知らない人なんかじゃないわ。だってずっと前から――』

彼女はふと黙りこみ、そのまま最後までいい終えることはなかった。紺青色の瞳に謎めいた光が宿った――わたしはその見慣れぬ目つきに、ぼんやりとした不安をおぼえた。

それ以来、その若者のことは話題にのぼらなかったが、あるときダフネをロンドンの英国芸術院に連れていったときのことだ。新進芸術家の手によるある彫刻の前で、あの子が魅入られたようにじっと立ち止まっていた――太陽神アポロン像だ。

『この彫刻が気に入ったのかい、ダフネ?』わたしは問いかけた。するとあの子は――まだ子どもといっていい歳だったのに――きらきらと瞳を輝かせ、頬を赤らめてこういったんだ。『気に入ったか、ですって? 当たり前よ。だってあのひとにそっくりなんだもの』ついそう口走ったあと、笑い声をあげた――わざとらしくすら聞こえるような照れ笑いだった。『ときどき森で会うひとのことよ――隠れんぼして遊んでくれるひと』

『ダフネ、夢と現実を混同してはいけないよ』わたしは確かそんなふうにいったと思う。『空想ごっこもけっこうだが、ほんとうは、そんなやつはいないんだろう』

『そうね、そうかもしれないわ』あの子は素直に認めた。だがしぶしぶそうしたらしいことはなんとなくわかったので、とりあえずこの話はそこで終わりにした。だがその三年後、ダフネは自分の十七回目の誕生日に、大理石でできた、かの有名なベルヴェデーレのアポロン像のちいさなレプリカを買い求め、寝室のサイドテーブルの上に置いた。そして像の前に花瓶を置き、またここが奇妙なところなのだが、そこにけっして花は活けず、いつも草の葉を――摘みたての、あおあおとしたみずみずしい葉っぱだけを――そこにさしていた。

十九歳になる頃には、ハンプシャー州にいる若者でダフネに恋をしていない男などいないに等しかったが、選ばれたのはアンソニー・ハルバートだった。アンソニーの両親であるジョージ卿と夫人のレディ・メルトンはふたりの結婚に大賛成だった。両家は隣どうしで、ダフネのことも幼い頃からよく知っていたからだ。ミス・ジェーンも、トニーの母親とは昔から仲がよかったから、相手が彼ならば文句はなかった。

しかもミス・ジェーンは――あとでわたしに打ち明けていたが――夫となる人がダフネの面倒を見てくれるのならこんなにありがたいことはない、と思っていた。あの子がますます手に負えなくなっていたからだ。ダフネの型破りなふるまいは伯母にとって心配の種――それも途方もなく大きな心配の種――だった。なにしろあの子は森へ出かけては何日も戻らず、姪のためにとミス・ジェーンが組んだ予定も――普通の若い娘なら大喜びするような園遊会やテニスパーティ、それに地元の競馬大会なども――平気ですっぽかしていたからだ。

おまけに春と夏は屋敷の外で眠りたいといって聞かなかった。二本の高いヒマラヤ杉の間の草むらの上にハンモックを渡し、どうしてもそこで寝るといいはった。ミス・ジェーンが泣いて頼もうが、コルセットは絶対につけなかった――だがつけなくてもなんら支障はなかった。若さあふれる身体は引き締まっていて、人の手を加える必要などまったくなかったからだ。帽子をかぶるのも極端にいやがった――かぶらせるにもひと苦労だった。靴と靴下を脱ぎ捨てては湿った草の間を裸足で歩きまわり、気持ちよさそうな声をあげては羊歯の茂みに倒れこむ。草むらに寝転がり――指一本動かさず、すらりとした身体を横たえて――何時間も日なたぼっこをしているのがなによりも好き、という娘だった。

むろんそうしたところは親譲りだったんだろうが、ともかく、トニー・ハルバートなる若者がダフネを引き受けてくれるというのでミス・ジェーンとしては万々歳で、肩の荷がおりた――重い責任からようやく解放された、と思った。幼いダフネの身のまわりの世話をすることと、大人になったダフネの面倒を見ることはまるで勝手が違ったからだ。気の毒な老婦人には、このことが身に染みてわかっていた——いやというほどね」

ヴァンスはここで深く息をつき、考えこむようにふと左手で顎を撫でた。夢見るような遠い目をする。

「ダフネ本人から、婚約を知らせる手紙が届いた。わたしはちょうどエジプトから戻ってきたところで、古い神殿をあちこち訪ね歩くというじつに有意義な時間を過ごしてきたところに、あの子からの手紙が届いたんだ。わたしは思わず胸が熱くなり、そのいっぽうで愕然とせざるを得なかった。


親愛なる後見人のおじさまへ。あたし、トニー・ハルバートと結婚します（確か、書き出しはこうだったはずだ）。あたしの決心におじさまも賛成してくださるわよね。トニーも、トニーのまわりの人たちもあたしを大事にしてくれるし、あたしもトニーが大好き。それにジェーン伯母さんのいうとおり、早く結婚して身を固めたほうが、きっと、あたしにとってはいろんな意味でいいんだと思うの。

おじさま、すぐにでもこちらにいらして、花嫁の父としてあたしを花婿に渡してくださらないかしら。できるだけ早く——できればひと月半も経たないうちに——式を挙げるつもりだから。

ダフネ

追伸。おじさまはものすごく頭のいいかたで、確か〈幽霊調査会〉でも研究をなさっているのよね？　だったら教えてくださらないかしら。幻覚が――それも真っ昼間に――見えるときにはどうすればいいの？　自分の頭がおかしくなったと思うべきなのか、それともほかに理由があって見えるようになってしまったのか。おじさまは、この世界が生きている人たちだけのものだとお思いになる？　それとも、いまでも遠い昔のものがどこかに存在していて――この世にまだ居すわっていると思う？　前世ってほんとうにあるのかしら？　それともいまのあたしはあたしなの？

「わたしはダフネに直接手紙を書いた。きみになら白状してもいいかな、デクスター、この手紙を読んでわたしは不安にかられた――じつは内心いても立ってもいられなかったんだ。ところがダレル屋敷についたとたん、そんな心配は吹っ飛んでしまった。

あの子は婚約者《フィアンセ》とテニスをしていた。見るからに健康そのもので、幸せに満ちていて、妄想に取り憑かれているようにはとても見えなかった。ダフネはわたしを見つけたとたんにラケットをほうり出し、トニーをしたがえて芝生の上を駆けてきた。まるで全身が輝いているようだった。彼女は口をひらくと、間近に迫った結婚式についての話を――たとえば新婚旅行の行き先や、友達のくれた素敵な贈りものの数々、一両日中におこなわれる借地人たちによる催しのことなどを――息もつかずにまくしたてた。さらに、式の前夜に屋敷でひらかれる舞踏会に話が及ぶと、彼女はなおいっそう興奮したようすになった。

『式の前夜に舞踏会をひらくことにしたの』ダフネは息巻いた。『だって、式が終わってから花嫁も花婿もいないところで舞踏会をひらくなんてばかげてるわ。トニーもあたしもダンスが大好きなんだもの。芝生の上に広いダンスホールをこしらえて、ブルー・ハンガリアン・バンド（当時人気のダンス・ミュージックバンド）を呼ぶのよ。きっと素敵な真夏の夜になるわ。おじさまもぜひパーティを楽しんでね――あたし、最初のダンスはおじさまと踊るわ』

わたしは笑ってかぶりを振った。

『いやいや、ダフネ』わたしは答えた。『きみの最初のお相手はトニーだよ。トニー、よければいましばらく彼女を借りてもいいかな。すこし散歩したいんだ。聞きたいことが山ほどあるものでね』

トニーは快く受け入れてくれた。誠実そうな顔つきと、人のよさそうな褐色の瞳をした、長身でハンサムな若者だった。身長は六フィート（約一八〇センチメートル）近くあり、がっしりとした体格のイギリス青年で――恋人としてはまさに理想的だった。

わたしはダフネとともに薔薇園へ歩いていった。古めかしいちいさな庭にイチイの木の高垣が影を落としており、薔薇が咲きほこっていて――むせ返るような薔薇の香りがあたりを包んでいた。片隅に大理石の腰掛けがあったので、ふたりしてそこに腰をおろした。いまでも目に浮かぶ。あの子は全身真っ白な服を着て、帽子はかぶらず、髪が陽光のごとくきらめいていた。美しい首筋をあらわにしていて、指輪はひとつもしていなかった――のちに知ったことだが――婚約指輪はつけたくないといったらしい。

『なんて幸せなことだ、ダフネ』わたしは話しはじめた。『あんなに素晴らしい青年はまずいない。トニー・ハルバートのことはわたしも昔から気に入っていたし、悪い噂もなにひとつ聞いたことがない。ひとことでいえば、きみの後見人であるわたしはこの結婚に大賛成だ――これほどふさわしい縁組みはない』

するとダフネは不思議そうにわたしを見た。

『おじさま、あたしだってそう思ってるわ――やっぱりトニーと結婚するのが一番よね。あんないい人、ほかにいないもの。だけど――』彼女は口ごもり、顔がみるみる赤くなった。そして不安げな、すこし恥ずかしそうな表情を浮かべてわたしに向き直った。『おじさま、あの手紙の追伸だけど、あたしのこと、どうかしてるって――気が変なんじゃないかって――お思いになった？』

わたしは首を横に振った。

『いいや、ダフネ』わたしは答えた。『だがいくぶん悩んだのは事実だ。あれはどういう意味なんだね、隠さずに話してごらん、いったいなんのことなのか』

『自分でもよくわからないの』ダフネはかぶりを振った。『ただ、ときどき幻覚が見えてしまうの――知ってるわ、ばかげてるわよね。おじさま憶えてる？ ちいさい頃、あたし話してたでしょう。森にきれいな男のひとがいて、木陰や草むらでしょっちゅう一緒に隠れんぼして遊んでるんだ、って。どうせおじさまは、あたしの空想が生み出したつくり話だと思ってたんでしょう。だけど違うの。あのひとはほんとうにいたの――いまでも会うんだもの』

『わたしの可愛いダフネ！』被後見人であるあの子を、わたしは厳しく見据えた。『そんなばかなことを――このわたしに向かっていうなんて』

『だってほんとうなのよ、おじさま。森にはあのひとがいるの。言葉をかけたこともないし、かけられたこともない。手に触れたこともない。心の中ではずっと〝知らない誰かさん〟て呼んでるの。でなければ――〝神さま〟って』

彼女は声をひそめていた。瞳に異様な輝きが宿っている――思わず心臓が縮みあがった。

『素晴らしいひと――あの神々しさは、生身の人間とはとても思えないわ。いまはすこし怖いけれど、子どもの頃は怖いなんて一度も思わなかった。あのひとそのものが炎みたいに輝いていて、大理石のようにつややかな肌は、緑の茂みを透かしてきらめいているの。吸いこまれるような瞳には、見つめたらもう逆らえない。しかもそれでいて――すごく――荒々しい光もたたえているのよ』

そこではっとわれに返った。

『おじさま、ばかげた話だってあたしを叱って――そんなのはただの幻覚だよって。そんな〝誰かさん〟の――〝神さま〟の――ことなんか、トニーが守ってくれるようになったらすぐに忘れてしまうよ、って』

『当たり前だ、ばかげている』わたしは答えた。『きみは――その〝誰かさん〟とやらに会ったという子どもの頃の空想を抱えこんだまま成長してしまったせいで、いまでもそれが真実だと錯覚しているんだ――勘違いもはなはだしい。きみのいうとおり、トニーと結婚すればそんな妄想はすぐに忘れられる。いや、忘れなければ駄目だ』

『そうよね』あの子はちいさくうなずくと、わたしに身をすり寄せてきた。『話しておかなきゃいけないことがまだあるの。おじさまにだけはほんとうのことをいっておくわ。あたし、トニーのことは大好きだけど、愛してるって気持ちはこれっぽっちもないの。愛してるのはあのひとだけ。あのひとがキスしてくれるなら死んでもいい。だけどあのひとは夢の中のひと。そう、ただの夢』

わたしは冷えきったダフネの手を取り、瞳を覗きこんだ。

『ダフネ、狂気というものはだね、そうした夢の中にひそんでいるんだ』わたしは声をあげた。『わかるかね？――狂気だ。そのひとのことは忘れなさい――きみの人生、そしてきみの頭の中から、その男のことをすべて追い出さなくてはいけない。なに、トニーがそばにいれば、そんな幻覚などあっという間に見なくなる。ダフネ、きみが結婚することになってほんとうによかった。しかも、こんなにもすぐ』」

エイルマー・ヴァンスは椅子から立ちあがり、部屋の中をうろつきはじめた。長い腕を両脇にだらりとさげ、いつにもましてやつれた青い顔をしている。

「雨の音が聞こえるな。ずいぶんと激しく窓に当たっている。わたしの話は退屈じゃないかね、デクスター？」

「とんでもない。続けてくれ――もったいぶらずに聞かせてくれよ。それで、ダレル嬢はなんと答えたんだ？」

「たいしてなにも。というよりも、あまり会話を続けたくないようだった。力のない、もの憂い笑みを浮かべただけだ。そのうちにトニーがやって来て、そろそろゲームの続きをしよう、といってあの子をさらってテニスコートに戻ってしまった。ふたりは子どものように笑いながら駆けていった。だが晩餐になると、ダフネはまるで心ここにあらずで、食べものも飲みものもほとんど口にせず、ひらかれた窓の外を――深き緑の森の方角を――ただぼんやりと見つめていた。食事が終わると、トニーを置いてひとりで散歩に行きたいといいだした。そこでミス・ジェーンが、それより歌をご披露したらどうかしら、どれだけ歌がうまくなったかおじさまに聴いていただかなくちゃ、と水を向けたんだ。だがダフネは首を縦に振らず、夜が更ければ更けるほどそわそわと落ち着きをなくしはじめた。まるでさっさとトニーを厄介払いしようとしているようにすら見えた。やがてついに彼が立ちあがり、暇を告げたときにも引き止めるふりすらしなかったし、別れの挨拶もじつにあっさりしていた。

『いくらなんでも今夜は外で寝ようなんて思っていないわね、ダフネ？』しばしのち、ミス・ジェーンはダフネにお休みのキスをしながら心配そうにいった。『ひと晩じゅうあなたがあんな真っ暗な中にいるなんて――あの大きなヒマラヤ杉にぶらさげたハンモックに揺られているなんて――考えただけでもぞっとするわ』

『どうして、ジェーン伯母さん？　外はあんなに気持ちがいいのに』ダフネは答えた。『こんな暑い夜に屋根の下なんかじゃとても眠れないわ――考えられない――それにちっとも怖くなんかないわ。いったいなにが怖いっていうの？　誰か――見知らぬひとが――森の中からこっそりあらわれて、あたしをさらっていくとでも？』

彼女は笑いながら部屋を出ていった。ミス・ジェーンとわたしは不安げに顔を見合わせた。

『おかしな子でしょう？』ミス・ジェーンがいった。『ああヴァンスさん、わたしはもう、あの子が無事にトニーと結婚してくれればいうことはないわ』

『同感ですな』わたしは心からそう答えた」

ヴァンスはふたたび椅子に戻ってきた。暖炉の火がすこしちいさくなっている。炭をくべる彼の手がすこし震えていた。

「さて、続きを聞きたいんだろう、デクスター？　わたしは翌朝ダレル屋敷を一旦離れ、夜まで戻らなかった――帰国したばかりで仕事がかさんでいたものでね。だがダフネには、舞踏会にはぜひとも参加したいから式の前日にはかならず戻ると約束し、離れるまぎわによく念を押しておいた。

『もう夢のことは考えるんじゃない――あんなばかげた妄想は捨てなさい、ダフネ。忘れるんだ、いいね――トニーのことだけを考えるんだ』

ダフネは微笑んでうなずいた。

『大丈夫よ、おじさま。心配なさらないで。これからは、ばかなことなんて考えないようにするわ』

あの子は車で去っていくわたしに明るく手を振ってくれた。わたしになぜ気づけたというのか？　あのときすでに、ダフネの心が森の〝見知らぬ誰かさん〟に傾いていたなどとは――あの子がわたしたちを、そればかりか自分自身のことさえ欺いていたなどとは——。

わたしは舞踏会に出席するべく、予定どおりに屋敷へ戻ってきた。会場は若者でごった返していて、花嫁介添人が四人、それから花婿介添人が四、五人いた。婚礼の鐘が響きわたり、誰もが喜びに満ちていて、ダフネもかなりはしゃいでいた。だがなかなか彼女とは話せなかった。なにせあの子は若い娘さんたちに——かまびすしくさえずっている、きれいな娘さんたちに——囲まれっぱなしだったからね。

だが晩餐前にあの子がわたしをわざわざ探しに来てくれた。わたしはひと足先に着替えを済ませ、書斎にこもっていた。客間では若い人たちが羽目を外していて、すでにそこが舞踏会の会場みたいになっていたから、わたしは場違いな気がしてね。

『あのね、おじさま、お話があるの』彼女はためらうように低い声でいうと、書斎のドアを背中で閉めて近づいてきた。あのときのダフネはいっとう美しかった。明日の花嫁は真っ白なドレスをまとい、しなやかな美しい身体にぴったりと沿ったガウンを羽織っていた。真珠の髪飾りのほかには、宝石はなにも身につけていなかった。だがそのおもざしにあらわれた表情に、わたしは胸騒ぎをおぼえた——熱に浮かされたような、なんとも奇妙なまなざしに。

『どうしたんだ、ダフネ?』わたしは訊いた。『いまきみは、悲しいはずなどないだろう?』

『おじさま、あたし、悲しくてたまらないの』彼女はうつむいた。大粒の涙が二粒、頬をつたう。『あたしはトニーを愛してないし、これからも愛せるとは思えない。なのに明日トニーと結婚しようとしてる。結婚してしまったら最後、あたしは大好きなものをみんな取りあげられてしまうんだわ――自由も、孤独も、森も。自然の中で一日じゅうひとりきりで過ごすことも、もうできない。家の中からも出られない。あたしは奥さんになって――いずれお母さんになるんだわ』

ダフネは黙りこみ、やがて早口にまくしたてはじめた。

『やっぱり婚約なんてするんじゃなかった。いまになってそれがわかったの。あたしはいつだってあたし自身のもの。夢や空想を怖がる必要も、頭から追い出そうとする必要もないんだわ。だってトニーが――そのかわりになにをくれるっていうの？』彼女は胸を張り――自信たっぷりにわたしを見据えた。

『愛だ』わたしは動じずにいった。『それに、現実も』

『そんなもの、どっちも欲しくないわ』彼女は耳障りな笑い声をあげた。『あたしが欲しいのはね、おじさま、絶対に手に入らないもの――このままでいたらけっして手に入らないものなの』

あの子はすらりとした若々しい身体を揺らすと、ふいに両膝を立ててすわりこみ、白い両腕を頭上高くに差しのべた。

『ああ、あたしの夢――あたしの美しい夢たち』彼女は悲しげな声をあげた。『いつかのあの夢たちよ！　今夜あたしはあなたたちに、そしてあのひとにさよならをいわなければならないの？キスをしてくれたこともない、これからもキスしてくれることはない、あの愛しいひとに。わたしが一番欲しいのはあのひとのキス、そしてあのひとの愛なのに』

彼女はがたがたと震えはじめた。肩に手をやると震えが伝わってきた。わたしはダフネの身体を揺さぶった――そう、激しく。

『ばかなことをいうんじゃない』わたしは声をあげた。『きみはわれを失っている。自分でなにを口にしているのかさえわかっていないんじゃないか。疲れすぎでヒステリーを起こしているんだ――今夜のきみはおかしい』

するとダフネはゆらりと立ちあがった。両の瞳が薄く曇ったように見えた。耳障りな笑い声がちいさくあがる。

『そうね、おじさま、きっとそうなんでしょうね』彼女はつぶやいた。『あたしはヒステリーを起こしてて――神経が高ぶってるんだわ。だってこの一週間、次から次へと取っ替え引っ替えドレスやなにかを試着させられて、ほかにも結婚式の準備が山ほどあったんですもの。だけどそろそろ気持ちを切り換えなくちゃね。舞踏会が始まる頃には気持ちも落ち着くだろうし、明日になればきっと気分も晴れるわ。それに、いよいよってときにトニーをがっかりさせたくないの――それだけはどうしてもいや。だってあたしをあんなにも愛してくれてるのよ、ほんとうに優しい人！』

ダフネはそういうと、わたしにひとことも口を挟む隙を与えず、慌ただしく書斎を出ていった。そして客間にいる若者たちの輪に溶けこんでしまい、結局、晩餐の間は声をかけることができなかった。

晩餐のあと、すぐに陽気なハウスパーティが本格的に始まり、芝生に巨大なテントが建てられて、即席のダンスホールができあがった。中に入るとバンドがワルツを演奏していた。トニーはダフネの腰に手を回してフロアの真ん中へ連れていき、数分後には参加者全員がダンスを踊っていた。ダフネがトニーにくるくると回されて、けらけらと笑い声をあげている。ほんの一時間前、書斎で膝をついて情熱的な祈りを捧げていた姿がまるで嘘のようだ。

　招待客がしだいに到着しはじめた。ミス・ジェーンがいそいそとわたしのところへご婦人がたを連れてきてはダンスのお相手をさせるものだから閉口してしまったが、なんとかその場を抜け出し、テラスでひとり一服した。かなり蒸す夜で、頭痛がひどかった。嵐が来そうな予感がした。一、二度、遠い雷鳴が聞こえたような気がしたが、どうか朝まで保《も》ってくれと祈った。一時間ほど前に見た満天の星も、だいぶ数が少なくなっていた。

　煙草に火をつけ、テラスをうろうろと歩きまわった。すると遠くにダフネの姿が見えた。ダンスホールを抜け出したらしいが、連れはいない。驚いて声も出なかった。まさか花婿をほうり出してくるとは。彼女は野兎のごとく芝生を駆けていった――屋敷の右手をくだったところにある森をめざし、まっしぐらに。わたしは見失わない程度に距離を保ちながらあとをつけ、あの森で起ころうとしていることを見届けることにした――そして、見てしまったんだ」

　そういったエイルマー・ヴァンスの声はそれまでとは違っていた。すわったままだが全身をこわばらせている。わたしも思わず背筋に冷たいものを感じて、腰をおろしたまま背筋をのばした。

「ダフネは、あとをつけられていることにまったく気づいていなかった。まるで一刻を争うように、息もつけないほどの勢いで走っていった。やがて暗い森につくと、わたしの耳にははっきりと音楽が――フルートの音色が――聞こえたんだよ、デクスター。わたしは大急ぎで自分にいい聞かせた――あくまでも分別のある人間のつもりでいたかったからね――いま耳の中に響いているのは、風に乗ってかすかに聞こえてくる舞踏会の音楽だ、そうに決まっている、いやそうであってくれ、と」

ヴァンスはいいよどみ、唇を噛んだ。

「そのあとのことをどう説明したらいいだろう。できればきみには頭のおかしなやつだと思われたくないんだが、そのときのわたしには、まるで森がおおぜいでにぎわっているのにひとりの姿も見えない、そんなふうに思えた。とはいえたまに、娘たちの白い腕がちらほらと覗くこともあった。娘たちのひそやかな笑い声とおぼしきものが聞こえ、一度など、ひと房の長い髪がわたしの顔を撫でていった。あのときは間違いなくそう思ったのだが、ひょっとするとわたしの幻想だったのかもしれない。枝が——しなやかで甘い香りのする枝が——暗がりで顔をかすめていっただけかもしれない。なにしろ記憶が定かではなくてね、デクスター。つかみどころがないくせに、それでいてすべてがありありと迫ってきたんだ。わかってもらえるだろうか」

ヴァンスは軽く目を閉じた。噛み砕くような、ゆったりとした彼の口調に、わたしはひとことも聞き洩らすまいと耳をそばだてた。

「ダフネは森の中心へまっしぐらに駆けていった。空がだいぶ暗くなっていた。雷雨になるだろうというわたしの予測どおり、嵐がそこまで来ていた。遠雷のとどろきもしだいに大きくなっていたが、どういうわけかこのときのわたしは、あの子を呼び戻して屋敷に連れて帰ろうとも、嵐が近づいているから危ないと注意してやろうとも思いつかなかった。たぶん、あの夜はわたしもダフネと同じくわれを失っていたんだろう——ふたりともなにかに魅入られていたにちがいないが、あの夜、あの子を追って森を分け入っていくうち、なにか不思議な力が——得体の知れない、なんらかの力が——あたりに満ちているのをわたしは感じていた。好奇心が疼き——胸が高鳴った。文明社会や人のしきたりにむしょうに別れを告げたくなった。初めて目にしたこの大いなる自由を手に入れたいと——肌で感じる自然の息吹を知りたいと——心から思った。衣服をすべてかなぐり捨て、露に濡れた草むらに飛びこんだらどれほど気持ちがいいだろう、そう思った。自分が社会的地位のある真面目な四十男だということすら忘れていた。若かりし日々の感情が——若き日の天にも昇るような陶酔が、一気にこの身に戻ってきた」

ヴァンスがうなだれた。目はつぶったままだ。

「さてデクスター、そろそろこの話も締めくくらねばなるまい。きみが退屈のあまり死んでしまわないうちにね。ふいにダフネが、先ほど書斎でしたように両膝をついてすわりこみ、白い両腕を差しのべた。誰かをしきりに呼んでいるようだった——言葉は聞き取れなかったが、熱烈なその長い叫び声は、まさに女が愛しい男を呼び寄せる声そのものだった。そしてわたしはこの目で見たんだ、デクスター。なにかが——いや、誰かが——ダフネの叫びに応えたのを。彼は——というのもその者は男の姿をしていたからだ——高い樅の木から舞いおりてきたかのごとく、一糸まとわぬ、まばゆく光る白い姿でそこに降り立った。身体からはすさまじいほどの輝きがあふれ、手には弓をたずさえていた——彼は弓の使い手だったんだ」

ヴァンスがふいに顔をあげて目を開け、わたしの顔をまじまじと見つめた。

「無理に信じろとはいわない——途方もない話だとはわかっている——だがこれだけはいって

おくが、デクスター、そのきらめく光のかたまりがいわばダフネのもとに舞いおりてきたとき、わたしは思わず両手で顔を覆い、地に伏してしまった。たかが一介の人間であるわたしに、穢れなき乙女と不死なる神との逢瀬を覗き見る権利などあっただろうか？　そう、わたしはすっかり恥じ入って地面に縮こまっていた。やがて地の底を揺るがすような雷鳴が――すさまじいとどろきが――響きわたった」

ヴァンスは腰かけたまま前のめりになり、わたしの腕に片手を置いた。

「あとはもうそれほど話すことはない」彼は小声でいった。「翌日、結婚式はおこなわれなかった。なんという悲劇か、昨夜花嫁が雷に打たれたそうだ。ダフネの命を奪ったのが恋人のキス――恋人の熱いキス――だったなどとは、知恵も分別もある現実的な紳士たるわたしたちはまず信じない。だが死に至るほどの雷を受けたにしては、あの子の身体には傷ひとつついていなかった」

「なんて恐ろしい――身の毛もよだつ悲劇だ！」思わず口を挟み、背筋が寒くなったが、エイルマー・ヴァンスはかぶりを振った。

「わが親愛なる友よ、きみは間違っている。ダフネ・ダレルの死は悲劇などではなかった。別の選択肢があったとしても、あの子は間違いなく、みずからあの運命を選んだだろう。いいかね――ダフネの話をすべて信じるとすればだが――あの子はトニー・ハルバートをまったく愛していなかった。愛のない結婚が、あの子のような気性の娘にとっていったいどれほどつらいものか考えてもみたまえ！　ダフネはみずからの夢と死とに同時に出逢ったんだ。きみも聞いたことくらいはあるだろう、デクスター？　〝神々に愛されし者は早死にの運命《さだめ》〟といういいならわしを」

わたしは返事をしなかったが、エイルマー・ヴァンスが暖炉の前に膝をついて両手を温めている姿を見て、思いきって訊ねてみた。

「いにしえの神々は死んだ、なんてきみは信じるか、ヴァンス？――ほんとうのところはどうなんだ？」

ヴァンスは微笑んだ――なんとも奇妙な、謎めいた笑みだった。

「死んでしまった神々もいるだろうな」彼は答えた。「だがすべて死に絶えたわけじゃない」

緑の袖 Lady Green-Sleeves

「今日は釣りには行かないのかい——安息日だからな——それなら松林のあたりまで散歩に行かないか、デクスター、〈緑の袖のきみ《レディ・グリーンスリーブス》〉の話をしてやろう——きみがわたしの長話に飽き飽きしているなら遠慮するが」

そういって、エイルマー・ヴァンスは例の訳知り顔で穏やかに微笑んだ。わたしは《カササギ亭》の古めかしい庭で、籐椅子に寝そべってくつろいでいた——雨模様の夜のあと、爽やかに晴れわたった朝がやって来たので、さっそく日光浴をしていたのだ——すると彼がふらりと庭にあらわれた。むろんわたしはすぐさま椅子から飛び起きた。ふたつの摩訶不思議な物語をヴァンスに聞かされてからというもの、〈緑の袖のきみ〉とやらの話を聞きたくてうずうずしていたからだ。そこでわが友人にもそのとおり告げた。

「つまりきみは、松林まで散歩につき合って、わたしの可愛い幽霊の話を——誰も出逢ったとのないような、とりわけ愛らしい幽霊の話を——喜んで聞いてくれるというんだな。怖くもなければ悲劇的でもない、生粋の恋物語を。きみにも楽しんでもらえるはずだ、デクスター——きっとね」

ヴァンスはするりとわたしの腕をとらえ、穏やかな笑い声をあげた。

「きみにはまったく驚かされるよ、デクスター。まさかきみがこれほど想像力豊かな夢想家だなどと——しかも幽霊の存在を頭から信じているなどと——ひと目で見抜けるやつがはたしているだろうか？　どう見てもきみはお堅い法廷弁護士だ。ところがわたしときたら、これまでの体験を――これまで出会ってきた不可思議なできごとを――ひとつ残らずきみに話そうとしている。それというのも、きみがわたしの話を信じてくれるからだ。小ばかにもしないし、理詰めで否定してくることもない。だからこうして気がねなく――心をひらいて話すことができるのかもしれない」

「聞かずにはいられなくてね」わたしは言葉を選びながら答えた。「そうした話をしているときのきみの顔を見てしまったら――そして声を聞いてしまったら――誰だってそうなるさ。とにかくわたしはもう、〈緑の袖のきみ〉の話をしまいまで聞きたくて聞きたくて――いても立ってもいられなくなってしまったんだ」

「まあ、松林に着くまで待ちたまえ。落ち松葉のベッドに寝転がって目を閉じれば、かの物語がありのままに口をついて出てくるはずだ。だがいままでは即座に信じてくれたきみも、今回ばかりはどうだろうな。あのできごとはあまりにもおぼろげで、言葉にするのがそれは難しいんだ」

ヴァンスが声を低くした。わたしの腕を握る繊細な指が不安げに震えている。このとき、わたしは彼との間になにか奇妙に相通じるものを感じていた。予感がした――わたしたちは友人になる、それも固い友情で結ばれた友人どうしに。そう思えてならなかった。しかもそのつき合いは一生続くだろう。いつかヴァンスが、幽霊屋敷への旅にわたしも同行させてくれることを願うばかりだった。

松林までは歩いて十分ほどだった。ピリッとした松の香りがあたりに満ちている。強い日射しがあたりに降りそそぎ、さまざまな緑色の光が世界に綾なすのを見て、わたしは思わずにいられなかった――生きているのはなんと素晴らしいことだろう、と。そうヴァンスに話すと、彼は笑い声をあげた。じつをいえば、なぜ笑われたのかわからないときが多々あるのだが、このときは話を最後まで聞いて、ようやくその理由が――わかりすぎるほどに――わかった。

ヴァンスは先ほど自分でいったとおり、降り積もった松葉の山に寝転がった――柔らかくてよい香りのするその場所を、わたしもソファに見立てて腰をおろした。そのまましばらくまばゆい陽光を浴びながらのんびりしていたが、やがてヴァンスがわたしのほうへ身を屈めた。これまで目にした中でもとりわけ優しい表情で、口もとにはかすかな微笑みを浮かべている。

「では〈緑の袖のきみ〉の話をするとしよう。彼女と出逢ったのは十二年ほど前だ。なかでもともに過ごしたあの夕べは――薔薇香るあの夜のことは――わたしの記憶の中で、なによりも鮮やかにきらめいている」

「ともに過ごした？」わたしは肘をついて起きあがり、ひょっとして聞き間違いかと、穴が空くほど相手の顔を見つめた。「その〈緑の袖のきみ〉という幽霊は、そんなにも長い時間こちらの世界にいられたのか？　幽霊というのはほんの数秒で消えてしまうものではないのかね？」

ヴァンスはうなずいた。

「かつてはわたしもそう思っていたが――違ったんだ。さて、わがよき友よ、続きを話してもいいかね？」

ヴァンスはふと黙り、仰向けに寝転がった。抜けるような青空を見あげる彼の目には、わたしよりもずっと遠くが見えていた――まさにこのとき、遠くにありし可憐なレディの幽霊の記憶が呼びさまされ――ロマンティックな物語がよみがえろうとしていたのだ。

「さてデクスター、まず初めに話しておかねばならないんだが、じつをいえばわたしは、〈緑の袖のきみ〉が目の前で膝を曲げて可愛らしいお辞儀をして去っていくまで、彼女が幽霊だとはまるで気づかなかったんだ。仮装しているんだとばかり――パーティを抜け出してきた可愛らしい娘さんだとばかり――思っていた。なにしろ出逢った場所が仮装舞踏会だったからね。あれはヨークシャーのどこかの金持ちがひらいた大きな舞踏会で――わたしは友人連中に連れられてそこにいた」

ヴァンスが目を閉じる。歌うような豊かな声。夢見るような微笑みがずっと口もとに浮かんでいる。

「あの夜のことは昨日のことのようにはっきりと憶えているよ、デクスター。十二月の寒い夜だった。舞踏会がひらかれていた家はアーデン・ホールといったが、車で九マイルほどの道のりを走らされたうえ、舞踏会などに連れてこられてわたしは不機嫌きわまりなかった。なにしろダンスは苦手だし、わざわざ仮装なんぞしてそういった場に行くのは――男ならたいていそうだろうが――正直いって大嫌いでね。わたしは十八世紀ジョージ王朝ふうの三つ揃いといういでたちだった。確か深紫色の繻子《サテン》地の上着に、銀の飾りのついた白い浮き織りのベストだ。女主人は喜んで、わたしの仮装を褒めてくれた――なにせいまよりも十歳は若かったからね」

エイルマー・ヴァンスはふと黙りこんだ。この引き締まった長身にジョージ王朝ふうの衣裳はさぞ映えただろうし、白い鬘《かつら》もさぞ似合っただろうな、と、寝転がる彼を眺めながらわたしは思った。なにしろ彼にはどこか古風な雰囲気や、洗練された優雅さがあるからだ。

「それで？」わたしは声をあげた。「〈緑の袖のきみ〉の姿を初めて見たときはどうだったんだい。きみの深紫の上着もそれは美しかったんだろうが、まずは彼女の話を聞かせてくれたまえよ」

「大広間に足を踏み入れたとたん、その姿が目に入った。大広間の周囲にはひろびろとしたバルコニーがぐるりと張りめぐらされていて、彼女はそのオーク材でできたバルコニーから身を乗り出し、ぞくぞくとやって来る招待客を見おろしていた。だからてっきりハウスパーティの客のひとりだと思ったんだ。するといいかい、デクスター、そのときまさに目が合ったんだ。全身に震えが走り、急激に心臓が高鳴りはじめた。今宵はなんとしてもあの〈緑の袖のきみ〉に紹介してもらわねば、とわたしは決意した。わたしはひそかに心の中で彼女をそう呼んでいた――〈緑の袖のきみ〉と」

ヴァンスがふいに起きあがり、姿勢を正してすわった。大きく見ひらいた両目にわたしは映っていなかった。まっすぐに遠くを見ている。その瞳に誰が映っているのかはすぐにわかった。彼の微笑みがより深いものに変わったからだ。このとき、わたしの存在は完全に忘れ去られていた――まさに思い出がよみがえった瞬間だった。

「美人だったのかい？」

わたしはおそるおそる訊ねた。ヴァンスを白日夢から目覚めさせるのは心苦しかったが、やはりどうしても続きが聞きたかった。

「美人だって？　そんな貧相な言葉で〈緑の袖のきみ〉をいいあらわせるものか。彼女は崇め奉るべき美しさだった。だがわたしが夢中になったのはその可憐さ——人を惹きつけてやまない可憐さ——だったように思う。愛らしいおもざしにあどけない微笑み、柔らかきヴェルヴェットのごとき菫色《ヴァイオレット》の瞳。髪粉を一度もつけたことのない褐色の巻き毛が、きれいな低い額にくるくるとかかっていて、その額がレースのヘッドドレスから覗いていた。ヘッドドレスの結び目は薔薇の蕾《つぼみ》の形をしていて、小ぶりで形のいい顎にとまっていた。うら若き——せいぜい十七歳というところだったろう——愛らしい少女で、まさしくこれから花ひらき、いずれ、みながほれぼれする女性になるにちがいなかった。もうすこしわたしが若ければ——もしわたしが、この褐色の髪の麗しきひとに見合うほどの歳だったなら——そう思っている自分に、ふと気づいた」

　ヴァンスは樅の実をいじくりまわしていた。うっとりとした表情を浮かべている。やがて彼は深くため息をついた。

「〈緑の袖のきみ〉のいでたちをなんと説明したものか。胸を打つような美しいドレスだったことははっきりと憶えているが、たぶんわたしのものと同じ、ジョージ王朝ふうの装いだったはずだ。しなやかで上等な絹のペチコートを丸く膨らませ、その上に、まるでマントを巻いたような、長い幅広の袖の緑色のドレスを身にまとっていた。わたしが憶えているかぎり、コルセットはペチコートと同じ柔らかな素材でできていて、前留めのレースも緑だった。胸にはピンクの薔薇を束ねたちいさなコサージュをつけていて、緑のマントにも同じピンクの薔薇の、もうすこし大きなコサージュがあしらわれていた。

靴は――ちいさな足によく似合う愛らしい靴だった――赤いハイヒールで、細くてきれいな両手には、品のいい白の指なし長手袋をはめていた。そうとも！　あの舞踏会には、美しさで〈緑の袖のきみ〉に敵う娘などひとりもいなかった。長い手すりから身を乗り出した彼女の姿を見た瞬間、それがわかった。しかも彼女はほかの女性たちにはないものを持っていた――言葉ではいいあらわせないほどのしなやかな魅力、きわだった可憐さ、するりと手をすり抜けてしまいそうなとらえどころのなさ。だが不思議だったのは――少なくとも、わたしにはそれがなによりも奇妙に思えたんだが――バルコニーの手すりから身を乗り出している彼女に、わたし以外誰ひとり気づいていないようだった。じつはその場にいた男性客のひとりに、あの女性をご存じかと訊ねてみたんだが、彼は首を横に振り、変わったものでも見るようにわたしを見たんだ。

『はて』彼はバルコニーを見あげ、いった。『どなたもいらっしゃらないようにお見受けしますが』目をやると〈緑の袖のきみ〉の姿はなかった。

なにがなにやらわけがわからなかった。いつの間にいなくなってしまったのか。だが十五分ほどのち、ダンスホールの片隅でひとり壁の花になっている彼女を見つけた。バンドは『聖歌隊のワルツ』を演奏していた。なかなかの演奏で、あれほど可憐で魅力にあふれた女性が手持ちぶさたにしているとはなんたることかと――男どもはいったいなにをしているのかと――わたしは歯噛みした。そのときのわたしのお相手はスイスの農婦に扮した太った不細工な娘だったが、わたしがワルツを踊っていてもずっと上の空だったことにおそらく気づいていたにちがいない――なにせ、わたしの目には〈緑の袖のきみ〉しか映っていなかったのだから。ところがまたしても姿を見失ってしまった。バルコニーのときと同様、ふと目を離した隙に消えてしまったので、ますますわけがわからなくなった。とにかく彼女と知己になれるよう、この家の女主人に頼んでみることにした。そこでしばしスイス娘の相手をし、ふたりで冷えた飲みもので喉を潤してから、彼女を別のパートナーのもとへ丁重に送り出したあと、わたしは勇んでレイサム夫人――というのが女主人の名だった――のもとへ向かい、なにとぞあのご婦人にお引き合わせ願えませんでしょうか、と申し出た。あの緑色の絹のマントにしなやかな絹のペチコート、それにちいさな白いレースの帽子をお召しになった、あまりダンスに出ていらっしゃらないご婦人のことです、と。

レイサム夫人は明らかに戸惑った顔をした。

『たいへん申しわけないのですけれど、ヴァンスさん、おっしゃっているのがどなたのことなのかわかりませんし、そのようなお姿のかたにも見おぼえがありませんわ。お恥ずかしい話ですけれど、今夜はおおぜいのかたがそれぞれご友人を連れておいでなので、そのせいでわたくしも、緑の絹のマントをお召しになったご婦人に気づかなかったのかもしれませんわね。そのかたを見つけていただければ、わたくしも喜んですぐにご紹介させていただきますわ』

わたしはなす術《すべ》もなくダンスホールを見渡した。すると、ふと〈緑の袖のきみ〉の姿が目に入った。彼女はバンドが演奏している台座のそばに立っていたが、やはりそばには誰もおらず、ひとりきりだった。

『あのかたです!』わたしは振り向き、レイサム夫人に向かって叫んだ。『ほら、台座の横にいらっしゃるでしょう、あれが〝緑の袖のご婦人〟です』

そちらの方角を見やった夫人が目を見はった——真ん丸だ。

『まあ、なんてこと！』女主人は声をあげた。『どうしてあんなかたが目に入らなかったのかしら——いまのいままで気づかなかったなんて！　あらまあ、まさしく舞踏会の花にふさわしいかたではありませんの。しかもなんて粋なはからいでしょう、ヴァンスさん。あのかたのドレスは、わたくしどもの先祖のご婦人が着ていたドレスそのもの——隅々までまったく同じ——ですわ。肖像画がロングギャラリーにかかっていますのよ。そういえばあのかた、あの絵のご婦人にそっくり——そう、気の毒なレイサム嬢に瓜ふたつですわ』

レイサム夫人は椅子から立ちあがった。背の高い、気品のある女性だった——常に慌てず騒がず、落ち着いた物腰を乱すことのないご婦人なのだろう。ダンスホールを一周して悠然とバンドスタンドのほうへ向かう夫人を見ながら、もうすこし急いでくれないものかとじりじりした——〈緑の袖のきみ〉がまたしても姿を消してしまうのではないかと不安だったからだ。しかもその不安は的中した。ふと立ち止まり、踊るカップルが前を横切るのをやり過ごした数秒の間に、〈緑の袖のきみ〉の姿は消え失せていた。バンドスタンドのそばに来たときには、すでに彼女の姿はなかった。

レイサム夫人はわけがわからないというふうにわたしを見た。『あらまあ、ヴァンスさん、困りましたわね』と口にする。『それになんとも奇妙だこと』夫人は戸惑って——途方に暮れているようすだった。

『かまいません、レイサム夫人』わたしはいった。『わたしのことはおかまいなく。なんとか〝緑の袖のご婦人〟にお見知りおきいただけるよう、どなたかにお願いしてみますから。いざとなれば自分で声をかけます。なにしろここは仮装舞踏会ですからね。今宵のわたしたちは、生真面目で礼儀正しいありきたりの自分自身とは違うのですし』

レイサム夫人はためらったのち、ふいに片手をわたしの腕に置いた。

『〝緑の袖のご婦人〟にお目通りが叶って、お話しすることができたなら、ぜひわたくしのところへもお連れくださいな、ヴァンスさん。ドレスのお礼を申しあげたいから』

『喜んで』わたしは答えた。

そこでほかの招待客が近づいてきてレイサム夫人に声をかけたので、ようやくわたしは〈緑の袖のきみ〉を探し求める旅にふたたび出られたのだが、これがまたなかなか見つからなかった。いくつか用意されていた休憩部屋にも見当たらなければ、食堂にも姿はなかった。次の音楽が始まっても、彼女はダンスホールには戻ってこなかった。諦めかけたそのとき、バルコニーの手すりから身を乗り出している彼女が見えた。すこし疲れて、どこか元気がないようにわたしには見えた。そしてやはり、そばには誰もいなかった」

エイルマー・ヴァンスはここでふと黙りこみ、ふいにわたしのほうを見た。

「想像がつくかい、デクスター、わたしがオーク材の広い階段をどれほど大急ぎで駆けのぼったか？　きみだって恋のひとつやふたつはしたことがあるだろう。恥を承知でいえば、まさしくひと目惚れだった。わたしはすっかり〈緑の袖のきみ〉に夢中だった。バルコニーにつくと、ふいに彼女が振り向いてわたしを見た。三十路過ぎのいい大人が、まるで十八の青二才に戻ってしまったようだった。心臓が——こちらはほんとうに少年の頃に戻ってしまったかのように——激しく高鳴った。やがてわたしが口をひらくより先に、彼女が膝を曲げて身体を屈め、かしこまったお辞儀をした。あたかも広大な絹の波間に潜ったあと、軽く水底に触れてからふたたびあがってきたとでもいうような、それは優美でしなやかな会釈だった。甘く優しく響く声が、わたしに投げかけられた。

『お初にお目もじいたします』

彼女が口にしたのはそれだけだったが、かしこまった可愛らしいものいいが気に入った。仮装した自分になりきっているらしい。

わたしは一世一代の会釈を返した。

『ぜひ一曲お相手願えませんか、マダム?』わたしは訊ねた。『あなたにはわたしから直接名乗ってかまわない、とこのお屋敷の奥方さまからお許しをいただいております。わたしはエイルマー・ヴァンスと申します』

『喜んで、と申しあげたいのはやまやまなのですが、ヴァンスさん』うら若きご婦人は答えた。『あいにくわたくし、ああした現代《いま》ふうのダンスをまったく存じあげませんの。なにしろわたくしの時代にはなかったものですから』

〈緑の袖のきみ〉はすこし残念そうにそういった。口の両端がほんのすこしさがっている。

『おや! ですがワルツならご存じでしょう』わたしは喰いさがった。『確かに、いまのわたしたちの衣裳にはそぐわないダンスかもしれませんが、それもまた——』

わたしは一礼して腕を差し出したが、彼女はちいさくかぶりを振ってそれを拒んだ。

『ごめんなさい、やはりとても無理ですわ。みなさま優雅に踊っていらっしゃいますけれど、わたくしにとっては聴いたこともない音楽なんですもの。けれど素敵な――とても豊かな――旋律ですのね』

『では夜の軽食をご一緒にいかがです？　確か軽食が夜の十二時から供されます。あと十五分ほどです』

『わたくし、夜はいただきませんの』〈緑の袖のきみ〉はちいさな両手を握りしめた。わたしはその両手をこの掌で包みこみたくてたまらなかった。すると彼女は長い睫毛の下からわたしを見て、えくぼが浮かぶほどの笑みを満面にたたえた。『なんて無作法な娘だとお思いでしょう。ダンスのお誘いもお食事のお誘いもお断りしてしまいましたけれど、これならいかがかしら。よかったらわたくしの部屋にいらして、真夜中の鐘が鳴るまでお話ししませんこと？』

『なによりのお誘いです』だがそういってからふと、おや、どうも妙だな――と思った。先ほど女主人はこの緑のマント姿の娘を知らないといっていたが、目の前の娘の口ぶりからすると、どうやらこの屋敷に滞在しているようだ――するとやはりハウスパーティの客のひとりなのだろうか。これはまたずいぶんと謎めいている。

『ではすぐにまいりましょう。ほんとうのところを申しあげますと、できることなら早くここから出たいと思っておりましたの。やかましくて目が回りそうですし、音楽にも、すこし耳が痛くなってまいりましたわ』

〈緑の袖のきみ〉はゆっくりとあたりを見まわした。懸命になにかを思いだそうとしているようだ。やがて彼女が顔をほころばせた。

『ああ！　思いだしました。オークの間はこちらですわ』

彼女はわたしをしたがえてバルコニーを渡っていき、閉ざされたドアの前で立ち止まると、あなたが開けてくださらない、とばかりに無言でわたしを見つめた。

わたしはそのまなざしに従い、ノブを回してドアを開け、彼女を通した。〈緑の袖のきみ〉は客間に一歩入ったとたん、ちいさな喜びの声をあげた。唇にかすかな笑みを浮かべ、三角形をした風変わりな小部屋を見渡している。

『わたくしの部屋よ――どうぞお入りになって』

そういって大きな椅子に腰をおろした。手袋をしたちいさな両手を膝の上で組み、いとおしげにしみじみと部屋を見まわしている。

『変わっていませんわ。出ていったときのまま。ただしカーテンが変わっていますし、スピネット（小型チェンバロ）もなくなっていますけれど。暖炉の上にかかった古い鏡はそのままですわ。わたくしの顔が最後に映ったのは、もう百五十年以上も前のことだけれど』

わたしは声をあげて笑った――なんと可愛らしいおふざけだ、と思った。わたしも真似をして、オーク材の羽目板が張りめぐらされたその部屋を見まわしてみた。家具はどれも古めかしい。背の高い飾り食器棚《チャイナクローゼット》には青林檎色の美しいティーセットが飾られ、折りたたみ式テーブルには、よい香りのする紫の菫の花を山盛りにした大きな鉢が載っている。室内には――息苦しいほどに

——菫の花の香りが重く立ちこめていた。

『戻ってきただなんて、とても不思議な気分』

〈緑の袖のきみ〉は低い声でしみじみといった。わたしの存在をしばし忘れ、ひとりごとをつぶやいているようだった。

『どちらにいらしていたんです?』わたしは訊ねた。『ひょっとして外国に?』

彼女ははっとして笑みを浮かべた——どこか面白がっているような、かすかな笑みだ。

『遠い遠いところへ行っておりましたの。帰ってくるにはかなり難儀いたしましたわ——それはもう、とても。けれどこちらの世界があれからどうなったのか、この目でどうしても見届けたかったんですの。こちらはずいぶんと変わってしまいましたのね』ちいさな両手をひらひらと振る。『時が来てしまいましたとき、わたくしはあまりにも若すぎて——たった十七歳だったんですのよ——この世にお別れするのがつらくてしかたがありませんでした。もうすこしいられたらほんとうに嬉しかったのですけれど。みんなに大事にされて、名士だった両親のもとでなにひとつ不自由なく暮らしておりましたのに。なのに突然、肺病になってしまって』

『なるほど、つまりわたしはいま幽霊とお話ししているということですな?』

わたしは笑いながらそう訊ね、てっきり〈緑の袖のきみ〉も一緒に笑ってくれるものとばかり思っていた。仮装パーティの可愛らしい客だと完全に勘違いしていたからね。ところが彼女は笑うどころか、とがめるようなまなざしでわたしを見たんだ。

『いまさらなにをおっしゃるのです、とうにご存じだったのでしょう? ああ! やはり、懐かしいわが家に戻ってこようだなんて思ったわたくしがばかでした。わたくしの時代はとうに過ぎ去り、お父さまのお屋敷にいても、いまのわたくしはよそ者――肩身の狭いただのお客さま――でしかありませんのに』

彼女は黙ってしまった。涙がひと粒、長い睫毛の上で震えている。

『いまどきのやりかたなんてわかりませんわ。どれもこれも見たことのない――知らないものばかり。あの華やかな時代はどこへ行ってしまったの？　舞踏会で夜どおし踊り明かすのがあんなに楽しくてしかたがなかったのに、いまはとてもそんな気分にはなれませんわ。この世はもっと濃厚で、しかも繊細な喜びに満ちていたはずですのに』

真剣で、ひじょうにわかりやすいものいいだったが、わたしはまだ〈緑の袖のきみ〉が芝居をしているのだと思っていた。目の前で話している女性がほんとうにあの世から来た幽霊だなどとはとても信じられなかった。だがこれだけは確かだった――緑の絹のマントをまとったこの娘に、わたしはすっかり心を奪われていた――あと戻りはもう不可能だった。

『愛しき〈緑の袖のきみ〉よ！』わたしは彼女の足もとにひざまづいた。『こうしてあなたがこの世に舞い戻られたのもなにかのご縁、どうかこのまま――こちらの世界にとどまってはくださらないだろうか？　あなたに恋をしてしまったと申しあげたら、あなたはお怒りになりますか？』

『なんですって？　わたくしに恋を？』彼女はちいさな両手を固く握りしめ、低い楽しげな笑い声をあげた。男の誘いをさらりとかわす女のような、屈託のない笑い声だ。『あら、まあ！　なんて素敵なのでしょう！　ほんとうに嬉しいのですけれど』――笑い声がふと、甘ったるいいちいさなため息に変わった――『殿方の愛の言葉に耳を傾けるわけにはまいりませんの。してはならないことですし、あなたに対しても失礼に当たりますわ。わたくしの愛の時間はとうに終わってしまったのです。先ほども申しあげましたでしょう、たった十七歳で死んでしまった、と』

『ああ！〈緑の袖のきみ〉、〈緑の袖のきみ〉よ、幽霊のふりをしてわたしを焦《じ》らすのはもうおやめください。わたしが真剣にお話ししているのが――わたしが本気だということが――おわかりにならないのですか？　愛しております――ひと目見たそのときから。あなたの名を知りたい。名を呼び、姿を見たい。愛の言葉をささやき、あなたをわたしのものとしたいのです』

　すると彼女が立ちあがった。重い絹のスカートが衣ずれの音をたて、胸のレースがひらひらと揺れる。だが腹を立てたわけではなかった――とんでもない、彼女は怒ってなどいなかったんだ。

『お別れせねばならないのはほんとうに悲しいのです。できることなら百五十年前にお会いしたかった。それならばダンスのお誘いをお受けできましたのに。かつてわたくしにいい寄ってきた殿方たちは、いずれ劣らぬ――若さにあふれた素晴らしい殿方ばかりでしたけれど、あなたほどわたしの心を揺らしたかたはいらっしゃいませんわ』

　彼女はそのまましばらく黙っていた。大きな青い瞳がわたしを見つめる。なによりも甘く繊細な音楽のごときその声は、まるではるか遠くから聞こえているようだった。

『永遠のお別れではありませんわ。いつかまたお目にかかれるはずですもの。それはこの世ではないでしょうけれど――当たり前ですわね――そう、きっとあちらで』そしてためらうようにいった。『〝さよなら〟ではなくて〝また会う日まで《オー・ルヴォワール》〟と申しあげましょう』

そういって、ふたたびわたしに向かってあのしなやかな長いお辞儀をした。彼女はまさに旅立とうとしていた。どうか行かないでくれ、とわたしは必死にすがったが、彼女はかぶりを振るばかりだった。

『どうかもうそれは口になさらないで。申しあげましたでしょう、戻ってこようだなんて思ったわたくしがいけなかったのです。華やかな思い出だけを胸に帰ってはきたけれど、いざこうして来てみたら――あちらの世界を知ってしまったいまでは――こちらにとどまろうなんて気はまったく起こりませんもの』彼女は両手をちいさくひらひらと振った。『わたくしの目に映っている真実を、あなたにもお見せできればほんとうはいいのですけれど。この世はただの抜け殻で、ここにいる殿方やご婦人たちも変わりゆく影にすぎません。今日目の前に存在していても、明日はどうなるかわからない。この世には永遠のものなどないのです――愛のほかには』

そういうと彼女はわたしの目をまっすぐに見つめた。両腕をひろげて抱きしめようとしたわたしを避け、あとずさる。

『いけませんわ――おやめになって!』彼女はとがめるようにいった。『わたくしの唇があなたの唇に触れられないのと同じに、あなたの唇がわたくしの唇に触れることはけっしてないのです。もうわたくしは行かなければなりません』

『どこへ行くというのです?』わたしは喰いさがった。『わたしの腕の中よりも――わたしの愛よりも――墓の中を選ぶとおっしゃるのか、〈緑の袖のきみ〉よ?』

彼女はかぶりを振った。

『お墓ですって？――お墓がわたくしとなんの関わりがあるとおっしゃるの？　血のかよっていた身体になど、もう百年以上も昔にお別れしてしまいましたわ。いまはただ、こちらの世界に合わせて、仮にかつての姿をまとっているだけ。わたくしは霊魂――滅びることのない魂――ですもの。帰る先はお墓などではなくて、いつか生まれくる命に――新しい命に――たどり着くのです！』

彼女は微笑んだ。果てしなく深い知恵の刻まれた笑みだった。やがて目の前の姿がしだいに薄くなり、ついには消えた――跡形もなく。失意のどん底に突き落とされたわたしは、暗澹たる思いを胸に抱えたまま、ただひとりオークの間に取り残されていた。ダンスホールからは、にぎやかなロマの音楽を演奏するヴァイオリンの調べや、客たちが足を踏み鳴らす音が響いており、赤いハイヒールが遠ざかっていくかのようなコツコツという靴音も聞こえた。だがわたしにはわかっていた――なぜかそんな気がしていた――いまどれほど急いでバルコニーに出ても、彼女に会うことはけっしてないと。この世に生きる者が〈緑の袖のきみ〉の姿を仰ぐことはもう永遠にかなわないだろう。彼女は、この世界よりも素晴らしい故郷を見つけたのだから」

エイルマー・ヴァンスは口を閉ざした。両手を目に当て、ため息を――深いため息を――つく。

「ああ――あんなことがほんとうにあったとは！　わかっているんだよ、デクスター、ばかばかしい幻想をいつまでも抱いていても――あの可愛らしい幽霊の姿を昼夜問わず夢見ていても――しかたがないとは。あの可憐なレディが、この薄汚れて古びた世界を訪れることはもう二度とない。いいかげんに理性を取り戻して現実に立ち返るべきなんだと――忘れるべきなんだと

——ほんとうはわかっているんだ」

わたしは彼をじっと見据えた。

「そんなこと、できるわけがないじゃないか」諭すようにいった。「忘れられるはずがない。きみはいつの日かかならず、〈緑の袖のきみ〉とめぐり逢うはずだ、ヴァンス——そうだろう？」

「なぜいいきれる？」彼は肩をすくめた。「なにもかも幻だったのかもしれない。だがレイサム夫人は彼女の姿を見ている——少なくとも、彼女は見たといっていた——しかしひょっとすると、わたしが心に描いていた〈緑の袖のきみ〉の姿が、いわゆる精神感応《テレパシー》によって——夫人に伝わったとも考えられなくはない。それでもわたしは信じている。〈緑の袖のきみ〉は間違いなく目の前にいた、と——その気持ちは永遠に変わらない」

彼はゆっくりと立ちあがり、伸びをして背筋をのばした——長身のすらりとした姿が、きらめく陽光を浴びている。

「いいかい、彼女は〝また会う日まで《オー・ルヴォワール》〟といったんだ——〝さよなら〟とはいわずに。わたしはそれをよすがに生きていくとするよ——〝また会う日まで《オー・ルヴォワール》〟という言葉をね」

消せない炎

The Fire Unquenchable

ある夜、わたしはエイルマー・ヴァンスに手書きの詩集を渡され、読んでみてほしいといわれた。その日はふたりで宿屋からかなり遠出をし、釣りをしながら静かな一日を過ごした。おかげで余計なことは忘れてよい気晴らしができた。いわば健全な世界に戻ってきた感じがした。

お休みの挨拶をしてそれぞれの部屋に引き取ろうとしたときのことだ。彼がポケットから件の本を出し、わたしに手渡した。茶色の紙の表紙がぞんざいにつけられているだけの——中身も、びっしりと文字の書かれた紙の束をまとめて綴じただけの——扉のページもなければ著者の名前も記されていない本だった。中の詩はすべて手書きで、文字はきちんと整っていて細かく、間違いなく女性の字だ。第一印象はそんなところだった。

ヴァンスがいった。「きみはわたしと違って、寝る前に寝床で本を読む習慣はないかもしれないがね。ともかく、きみにこの詩に目を通してもらいたい——これこそ、厳密な意味でまさしく〝詩〟そのものだときみも思ってくれるはずだからだ——それで明日の朝、どんな感想を抱いたか教えてくれ」

気軽な口調だったが、どうやらなにか理由があってこの本をわたしに読ませたがっているようだ、とぴんときたので、たとえ徹夜してでも隅々まで読み通してやろう、と俄然やる気になった。

ヴァンスと別れて部屋に戻った——なかなかいい部屋だ。天井には十字に組まれたオーク材の古い梁、ずんぐりとした格子窓、とこの手の宿屋になくてはならないものが揃っている。この《カササギ亭》は、四百年前から変わらぬ姿でこの場所に建っていた。手が加えられているところといえばせいぜい電灯くらいだが、きちんとこの建物に合った意匠がなされているので、雰囲気はまったく壊れていない。

わたしは窓を開けて外を眺めた。蒸し暑く、光と闇がかわるがわる顔を出しているような夜だった。流れる雲が月をさえぎってはまた流れていく。西の地平線が夜空に黒々と不気味に浮かんでいる。空気がぴりぴりとしていて、嵐が来そうな予感がした。

わたしは本を持って寝床に入り、枕を背に当てて楽な姿勢で寄りかかり、手の中の本に集中すべく体勢を整えた。

詩を見る目がある、などとは口が裂けてもいえない——それどころか文学はからっきしだ。味気ない法律文書のほうがよほど性に合っている。ところが数節も読まないうちに、これがほんものの詩だということが——ヴァンスのいったとおり、正真正銘の詩だということが——わたしでもわかった。

言葉ではひじょうに説明しづらいのだが、つまりは書き手がじつに不思議な才能を発揮していて、きわめてありふれたもの——たとえば花や木や人柄といった——をじっさいに持って生まれたふたつの目ではなく、まさしく心の目で見て描写しているのだ。読んでいると、あたかも自分の身体を抜け出してどこか別の空、あるいは果てしなくひろがる謎めいた場所から世界を見おろしているような、奇妙な感覚をおぼえずにはいられなかった。

だがこれ以上内容について詳しく述べる必要はないだろう。いまやユアン・トレイルの詩は世界じゅうの知るところとなっているからだ。彼の詩の素晴らしさが認められ、わたしが感じた摩訶不思議な魅力も、あちこちで幾度となく論じられてきた。

だが彼の詩に秘められた真実を、いまわたしがここで初めて語らせていただく。

一時間以上にわたって黙々と読みつづけていたが、寝床に入ったときにずっしりと身体にのしかかっていた疲れはいつの間にか消えていた。いつになく脳が忙しくはたらいていた――当然といえば当然だろう。目の前の手書き文字はかならずしも読みやすくはなかったからだ。中途半端にとぎれていたり、空白があったり――ふさわしい言葉が思いつかなかったのだろう――あるいはそれとまったく逆の場合もあった。集中しすぎた書き手が、紙からペンを持ちあげるのすらもどかしかったのか、単語どうしが重なり合っている部分もあった。

忘れないうちに記しておくが、本腰を入れて読みはじめる前に最後のページをめくってみたところ、この手書きの本はどうやら未完成のようだった――詩が途中で終わっていて、さらに書き進めようとしたらしき奇妙なインクの染みがいくつかあるものの、あとは判読不可能な直線や曲線がページの上を走っているばかりだ。

読んでいくうち、いつしか尋常ならざる感覚に包まれていた。熱中しすぎて気づかなかった。部屋が耐えがたいほど暑くなっていたのだ。額に汗がにじんでいる。空気は熱く乾燥していて、夜の蒸し暑さとは別ものだった――そう、まるで室内で火を燃やしているかのように。

目を閉じてはみたものの、先ほども記したとおり眠気がまるで訪れなかったので、自分なりに考えを整理してみることにした。全身がざわつき、血が燃える液体となって血管を駆けめぐっているような感じがした。寝床を出て調べに行かなければ、と思った――ひょっとするとこの宿屋自体が燃えているのかもしれない――だが動こうとしても身体がいうことを聞かなかった――まるで毒でも盛られたかのようだ。感覚だけは研ぎ澄まされていたが、手足にまったく力が入らない。読書を続けようとしても、紫色のもやが視界をさえぎっている――もやはしだいに濃くなり、目の前が真っ暗になった。だがやがて視界が晴れ、手に持ったままだった本のページも見えるようになった。だがそれもつかの間、ふたたびあたりが暗闇に包まれた。そういえば、雲間から必死に顔を出そうとしていた月はいったいどうしたのだろう。

まるでトランス状態に入ってしまったかのようにじっと枕に寄りかかっていると、紫のもやがありとあらゆるものを包みこみ、部屋の中のものはなにひとつ見わけがつかなくなってしまった。だがわたしの目は確かにしっかりと開いていた。それはあたかも、果てしない宇宙を覗きこんでいるかのようだった。

初めのうちは深紫色のなにもない空間がひろがっているばかりだったが、しばらくすると、その空間に炎の筋が飛び交っているのが見えはじめた――流星あるいは彗星のように長く尾を引いているが、〝流れる〟という言葉はあまりふさわしくない。光は四方八方へ飛び散っていたからだ。光はロケット弾のように上に向かって飛んでいき、さらに落ちてきたものと合体して、大きなかたまりになって止まったかと思うと、そこからさらに輝きを増し、やがては見つめていられないほどのまばゆい光を放ちはじめた。そして紫のマントがふたたびあらわれ、暗闇が訪れた。

しばらくすると――それまでに目にしたものによって感覚が麻痺してしまったのか、まさに目の前で繰りひろげられている光景が、いつしかごく自然な流れに思えてきた――もやがふたたび薄くなりはじめた。というよりも、何枚もの薄く透ける幕が次々とあがり――一番奥にあるらしきものも、初めのうちはぼんやりと霞んでいてようやく形がわかる程度だったが、薄い幕が一枚あがるごとにしだいに形がはっきりしてきた。てっきりわたしの泊まっている多角形の風変わりな部屋があらわれるものとばかり思っていたが、じつはそうではなかった。畝織《ディミティ》りのクロスがかかった家具や格子窓や漆喰の壁は見当たらず、この部屋には少々不似合いな電灯の明かりにこうこうと照らされた部屋もどこにもない。目の前にあるのは別の部屋だった――見たこともない部屋がそこにあり、赤い笠のランプのほかには、明かりはまったくともっていなかった。

部屋の片側には四隅に柱のある古い型の寝台があったが、誰も寝ておらず、寝ていた形跡もなかった。折り返されたシーツには皺ひとつない。壁には黒っぽいオーク材の羽目板が張りめぐらされ、わたしの真正面には大きな窓が開け放たれていて、そこから空が見えた――というか、インクを流したような漆黒の闇が、夏の稲妻に引き裂かれるたびに揺らいでいるのが見えた。そしてなぜかこの部屋も、先ほどのわたしの部屋と同じくらい暑かった。

窓の向こうで、揺れ動く松の木々のてっぺんが、稲妻のごとき光に照らされて黒々と浮かびあがった。すぐ近くに松林があるようだ。幻といえどじつに鮮明だった。枝間を吹き抜ける風の音が聞こえる。まるで、記憶の底に眠っている歌を繰り返し耳もとでささやくような、どこか不気味な優しいざわめきだ。鼻腔をくすぐる松の香りもした――松の深くかぐわしい香りが強くなるのは、いつでも嵐が近づいているしるしだ。

窓のそばにちいさなテーブルが寄せてあり、その前に女がすわっていた。笠つきランプの明かりのもとでなにか書いている。わたしに背を向け、前屈みになって夢中でペンを走らせていた。そばにある張り出し棚にはちいさな置き時計があった――それがとりわけ印象に残ったのは、チクタクという音がまるで心臓の鼓動のように聞こえたからだ。女はときおりその時計に目をやったが、書く手を緩めることはなかった。熱に浮かされたようにひたすら書きつづけていたが、ペンの持ちかたがどこか変だ。指に力が入っておらず、動きに従っているだけに見える――まるで彼女の手はペンを握っているだけで、ペン自身が意志を持って紙面を走っているかのようだった。

その華奢な女は黒い服を着ていた。輝かんばかりのみごとな金色の髪が、稲妻の光を浴びるたびにいっそうきらめく。さぞ美人にちがいない、ぜひとも顔を見たいものだ、とわたしは思った。しばらくするとこの願いは叶った。女が、わたしの耳にもはっきりと届くような低い悲鳴をあげてペンを取り落とし、椅子を引いてこちらを振り向いたからだ。ふいに背中から声をかけられたように見えた。わたしのほうにほんの一瞬向けられた、そのときの彼女の熱っぽい期待に満ちたおもざしを、なんと言葉で表現したらいいものか。

わたしの思ったとおり、まれなる美人だった。少女を脱したばかりといってもよいほど若い。しかし言葉は悪いかもしれないが、みずみずしい色気や若々しさをすでに手放してしまったように見えた――肉体的にはすり減らずとも、精神的にすり減ってしまった女の顔だった――強い精神的ストレスを抱えつづけたせいで、かつて美しい丸みを帯びていた頬はすっかりこけて赤みがなくなり、形のよい唇からも血の気が失せ、落ちくぼんで疲れた目をしている。ところがその瞳ときたら！　あのとき目に灼きついたあの瞳の記憶を、わたしはおそらく墓場まで持っていくだろう。女のおもざしはまさしく幽霊そのものだったが、ふたつの瞳だけは、まるで生きようとももがき苦しんでいるかのようにぎらぎらと光っていた。なぜ〝もがき苦しむ〟という言葉をもちいたのかは自分でもわからない。だがこの言葉が一番ふさわしく思えたのだ——ともかく、女の瞳には命を燃やすような炎が——すさまじい痛みのごとき命の炎が——宿っていた、としかいいようがなかった。

けっして手に入らない、人の手には届かないものに対する激しい欲望の念——女の瞳に宿る暗い炎の中にわたしが見たのはまさにそれだった。しかも直感が告げていた。女が、期待したように荒々しく熱い欲望をこめて振り向いたのは、待ちわびていたものがついに訪れたからなのだと。

だが彼女の欲望は、このときにおいては満たされることはなかった。なにも起こらなかったのだ。女はいいようのない絶望の表情を浮かべて窓に歩み寄ると、まるで夜に向かって救いを求めるように両手を差しのべた。そのまま立っていると、やがてすさまじい稲光が走った。あまりのまばゆさに思わず目がくらみ、なにも見えなくなった。

それはほんのつかの間だったはずだが、視界がもとに戻ったとき、女はひとりではなかった。そばに男がひとりいた——すらりと背が高く、女と同じくらい蒼白な顔をしており、女のみごとな金髪に劣らぬつややかな黒い髪をしていた。まとっているケープのような外套は、雨に濡れたようにきらめいている。だがいつの間に、どうやってこの男が部屋に入ってきたのか、わたしにはわからなかった。

男は女を抱きしめ、外套の内側にすっぽりと包みこんだ。女の瞳には先ほどから確かに炎が燃えていたが、ふと顔が見えたとき、その炎が命に満ちあふれているのがわかった。願いが叶ったのだ——不可能が可能になり——ついに〝彼〟が来たのだ。ふたりはただ寄り添っていた。言葉は交わさなかった。どちらかが声を出せば、おそらくわたしの耳にも届いたはずだ。

というのも、そのときわたしの耳には雷鳴の低いとどろきが聞こえていたからだ。彼らのまわりで先ほどからの稲光が躍り、ふたりはまるで炎に包まれたまま立ち尽くしているように見えた。置き時計のチクタクという音もしている。

しばらくすると男は女を抱き寄せたまま、テーブルに屈みこんでペンを取り、なにかを書いた。女の書きかけた文章を完成させているようだ。書き終えると男はペンを置いた。わたしは直感でわかった。いまの動作が最後の仕上げであり、もはやペンは必要ないということが。

完成した手書き原稿の上で、男と女の唇が触れ合い、熱い口づけが交わされた。男が女を外套で包み、ふたりはぴったりと寄り添って、ゆっくりとドアのほうに向かった。ドアが開いてふたりを通し、それから静かに閉まるのが見えた。

時計が午前二時を打った。あかあかと燃えるランプの炎が、完成したページを照らし出している。またしてもすさまじい稲光がひらめき、それとともに幻は消えた。

それがあまりにも唐突だったので、そこが《カササギ亭》の見慣れた自分の部屋だと気づくのにしばらくかかった。わたしは両目をこすった。頭が朦朧として、ほんとうに目が覚めているのかどうか自分でもわからなかったからだ。そんな気はしていたが、やはりこれで終わりではなかった。窓を見やると妙に明るい輝きが目に入った。稲妻ではない。夢の中では鮮やかな稲光があたりを照らしていたが、いまは遠くにある雷雲がかすかに光っているだけだ。

だが、それよりも差し迫った感覚がわたしの注意を呼び起こした。先ほどから左腕がヒリヒリと痛かった。膝の上にひらいた本に載せていた腕だ。〝痛み〟という言葉はふわさしくないかもしれない——たとえていうなら日灼けしすぎたときのような感じだった。これはとりたてておかしなことではなかった。最初にもお話ししたが、この日の午後はずっと、コートを脱ぎシャツの袖をまくりあげて釣りをしていたからだ。

ただそれが原因だとすれば、なぜ左腕だけなのか？　そこで腕をよく見てみた。痛むのは左腕の手首から肘にかけて、しかも内側で、おまけに右腕にはなんの跡もない。

さらに、これまたなんとも不可解なことに、部屋の暑さが尋常ではなくなっていた。わたしはベッドから跳ね起きると——もう手足は自由に動くようになっていた——本を閉じてかたわらに置き、開け放った窓のそばへ飛んでいった。まばゆい光が空を染めつづけている理由をどうしても知りたかった。ふと、いまいる宿屋が燃えているのでは、という不安がよぎる。

だが理由にはすぐに思い当たった。そう、まさしく火事だ。だが現場は二十マイル——あるいはそれ以上離れているにちがいない。いやな話だが、近頃、サリー州のあちこちで森林や共有地での大火事が頻繁に起こっている。きっとこれもそのひとつだろう、ととっさに思った。これまでも、炎に踏みしだかれて跡形もなく黒焦げになった森やヒースの茂みをさんざん目にしてきたからだ。

しかしそうした火事で、この部屋がここまで暑くなるはずがない。わたしが暑いと思いこんでいるだけだろうか？　自問しながら窓の外に手をのばし、首を出せるだけ出してみた。だが夜の空気は涼しく、心地よくてすがすがしかった。暑いのは室内だけだ。首をかしげながらも疲れのほうがまさり、わたしはベッドに戻って明かりを消すと、そのままぐっすりと寝入ってしまった。

夜はこれほどの奇妙な体験をしたにもかかわらず、目だけは早く覚めた——午前七時をすこし回っていた。この時間にはいつも友人のエイルマー・ヴァンスと朝食をとることにしている。居心地のいい談話室に行くと彼がいて、いつもの軽めの朝食を、すでに半分ほど食べ終わっていた。わたしがテーブルにつき、例の紙装本をかたわらに置くと、ヴァンスは笑みを浮かべてうなずいた。

「で、どうだった？」彼は両眉をすこし持ちあげ、わたしの顔をまじまじと見た。どこか面白がっているようだ。

「素晴らしい詩だったよ」わたしはいった。「書き手は——男だか女だか知らないが——いずれ名のある詩人になるにちがいない」

昨夜見た幻から見て、書き手は女性であるとわたしは思っていた。だからヴァンスがこう答えたときには心底驚いた。

「書いたのは男だ——名はユアン・トレイル——確かに、いずれ名のある詩人になることは間違いないだろうが、だとしても遺作が認められるにすぎない。亡くなったのはほんの数か月前のことだが、本人もさぞ口惜しかったことだろう。彼はじつに悲劇的な死を遂げた。

いずれその話もしてやろう。だがまずこの詩に対するきみの感想が聞きたい。包み隠さずなんでも話してくれ。どんなささいなことでもいい――きみだから訊くんだ」

つまり、どうやらヴァンスに試されているらしい、というわたしの推測は正しかったわけだ。今朝目覚めた瞬間からずっと引っかかっていたのだが、やはり、昨夜見た幻や肌に感じた熱さ、そのほかわたしの体験したもろもろのできごとには重大な意味があったのだ、と気づいて身体がむずむずした。興奮している、などという言葉では収まらなかった。なにしろこれが、わたしにとっての初めてのオカルト経験だったからだ。

わたしは極上のベーコンエッグを堪能していたところだったが、思わずナイフとフォークを置いた。

「感想といえるかどうかわからないが」たどたどしくいった。「昨夜とりわけ感じたのは、すさまじい熱さだった。確かに暑い日だったし嵐も近づいていたが、あれは自然がもたらす熱ではなかった――」

「たとえば炎のような？」ヴァンスが口を挟んだ。

わたしはうなずいた。「そう、まるで激しく燃える熱い炎のようだった。額から汗がしたたり落ち、それにほら、ヴァンス」――わたしは左腕を持ちあげ、袖をまくりあげた――「どう思う？日灼けかと思ったが、片腕だけ、しかも内側だけだなんて妙じゃないか」

「ふむ」彼はつぶやいた。「じつに興味深い。昨夜きみは、その腕をどこに置いていた？」

「本の上だ」わたしは一見なんの変哲もないその本を、横目でちらりと見やった。わたしが置いたときのまま、テーブルの上に載っている。「それに、幻のようなものを見た」わたしは低い、あらたまった声でふたたび話しはじめた。「わたしは寝床で背もたれに寄りかかり、片腕を本の上に載せていた。ひょっとすると夢、ただのつまらない夢だったのかもしれない――だがあんな夢を見たのは生まれて初めてだった」

「話してくれ」ヴァンスは頰杖をついて前屈みになった。鋭い目がわたしを見据えている。興味津々という表情だ。

わたしは昨夜の幻について、どんなささいなことも洩らさず彼に語った。あの一連のできごとは、わたしの心にそれは鮮やかに焼きついていたので、話に取りこぼしはひとつもなかった。ヴァンスは一度も口を挟むことなく、すわったままわたしの話を黙って聞いていた。

「じつに興味深い話だったよ、デクスター」わたしが話し終えると、彼はいった。「しかもこれで証明されてしまった。きみには――そう、まさにきみには――特別な能力がある。おそらくきみ自身すら夢にも思わなかったことだろうがね」と、唇にかすかな笑みを浮かべる。「きみは千里眼の持ち主で、しかも霊媒としての才能があるなどと数日前にいわれていたら、頭の固い法律家のきみのことだ、おそらく腹を抱えて笑っていただろう――だがそれはまぎれもない事実だし、そう踏んでいたからこそ、わたしはきみにこの詩集を読んでもらったんだ。さて、ではきみの能力がはっきりしたところで、デクスター、わたしの相棒になってくれないか――人間の知識がいまだほとんど及ばぬ小径《こみち》をともに行き、いまわたしたちが〝超常現象〟と呼んでいる、じつは突き詰めてみればごくありふれた当たり前の現象を、ともに探求しようじゃないか」

テーブル越しに差し出された細い手を、わたしは握り返した。不安も戸惑いもまったくなかった。すべてが初めてで、しかも唐突だったからだ。わたしには潜在的な力があるそうだが、彼がいうように、そんなものが自分にあるなどとは考えたこともなかった。それがいったいどんな力なのか、気になってしかたがなかった。

わたしはあいかわらずたどたどしく、いった。「きみは、その、わたしの見た夢——幻視というのかな——に、具体的な意味があると思っているんだね？」

「疑う余地もないさ」彼は答えた。「きみは昨夜、精神感応《テレパシー》によってわたしの知人の姿を見たんだ。幻が具体的になにを意味していたのか、いまはまだなんともいえないがね。思い当たることがないでもないが、まもなく真相はわかるだろう——今朝のうちにも」

わたしは深呼吸をしてわが運命を受け入れた。ありがたいことに、わたしには働かずとも暮らしていけるだけの資産があるので、いま就いている仕事にもそれほど執着があるわけではない。そんなところに新しい仕事が舞いこんできたわけだ——しかも夢中になれそうな仕事が。こうしてわたしは、まさしくこの日から晴れてエイルマー・ヴァンスに弟子入りすることとなったのだ。

「もうひとつあるんだが」さて、ヴァンスもこちらの意思をにこやかに確認したところで、わたしはいった。「昨夜、火事があったことは確かだ。部屋の窓から見えた。出火してまだそれほど経っていないようだったが、あっという間に燃えひろがったらしい——たぶん森林火災だと思うがね。だがずいぶんと離れていたから——二十マイルはあったはずだ——熱いと思ったのはたぶんわたしの勘違いだろう」

ヴァンスは立ちあがっていた。動揺した表情を浮かべている。

「森林火災？」彼が訊く。「方角は」

「窓は北西向きだ」

すばやく計算したらしい。「北西に二十マイル。ということは、デクスター」——焦っているようだ——「これは一刻を争うことだ。一大事かもしれない」

彼は呼び鈴を鳴らし、あらわれた使用人に向かって、急いで自分の車をこちらへ回すよう命じた。そしてわたしを振り返った。

「ウイリアムズに運転させよう」ウイリアムズとは彼のお抱え運転手だ。「そうすれば着くまでに話ができる。あと数分で出られるかね？」

十五分もしないうちに、わたしたちは目的地に向かう車上にいた。どこへ向かっているのか、わたしはまだ知らされていなかったが。ダラック社製のヴァンスの車は軽快に飛ばしている。ふだんはヴァンス自身が運転しているが、このときは運転手にすべて委ねていた。わたしに話をするためだ。そのときの話を、できるだけ彼の言葉そのままに記しておく。

「この春の初め頃のことだ。それほどつき合いは深くなかったが、わたしはある知り合い——名はティレル氏だ——の郊外の邸宅へ招かれ、そこに数日滞在して、ある奇妙なできごとについて調査することになった。その屋敷はチェスウォルド・ロッジと呼ばれていて、そばにはヒリングハーストという小村がある。ホグズバック山の南側のふもとの村だ。いまわたしたちが向かっているのはそこだ。

汽車でギルフォードまで行くとティレルが車で迎えに来ていて、屋敷までの道すがら、わたしは彼の抱えている厄介ごとについて聞かされた――そう、まさにいまわたしがきみに話しているようにね。一家で――彼は妻とふたりの幼い娘の四人家族だった――チェスウォルド・ロッジに越してきてからまだひと月と経っていないのに、奇妙なできごとが次々に起こるのだという。

屋敷を買ったのは情け心からだった。前の冬に起こったある悲劇のせいで、あの屋敷には誰ひとり近寄ろうとしなかった。古い屋敷で――なに、きみもすぐ見ることになる――代々トレイル家のものだった。最後の当主はユアン・トレイル、きみがつい昨夜読んだ詩集の著者だ。

さて、ユアンは少々風変わりな御仁だった――近所では変人呼ばわりされていた。痩せていて背が高く、いかにも詩人らしく中世的なおもざしをしていて、髪は黒く、南国生まれのようなオリーブ色の肌をしていた。異国人の血を引いていたのかもしれないな」

わたしは思いきって口を挟んだ。訊かずにいられなかったのだ。「その男だったのか、昨夜わたしが見たのは？」思わず声が低くなる。

「それは、わたしの話を聞いてから自分で判断することだな」ヴァンスは答えるとふたたび話しだした。「ユアン・トレイルはよくも悪くも生まれながらの詩人だったから、凡人とは常に折が合わず、身のまわりのことすら満足にできなかった。順風満帆のうちに人生を歩みはじめたものの、いつしか彼は、未来への希望も、富も、すべてを無駄にすり減らしながら生きるようになった。自分の詩は世間に知られるべきだ――わが素晴らしき才能は見過ごされるべきでない、認められぬままこの身とともに墓に埋められてしまってはならない、と信じてやまなかった。

自分の命があまり長くはないだろうことも知っていた。命の美しさを愛でる才能に恵まれたかわりに、そのひらめきを生み出す魂の宿主である肉体は、けっして丈夫ではなく病《やまい》がちだったが、それすらも彼の美学のひとつだった。

彼は一年ほど前に妻《めと》を娶り、チェスウォルド・ロッジでともに暮らしはじめた。彼女はユアンを熱烈に愛していた――ふたりは愛し合っていた――だがそれは心の結びつきだけだった。リーラ・トレイルも夫と同様、身体は虚弱だったからだ。うら若き美しい妻だった。トレイルのすぐれた詩の多くは彼女に捧げられたものだ。

さて結婚後まもなくふたりを不幸が襲った。ユアン・トレイルは蓄えをほぼ喰いつぶしてしまったんだ。だがこのときも彼はまだ高をくくっていた。詩集さえ出版されれば、世界じゅうの人々が自分にひざまずくと思っていた。とはいえあくまでも自分自身は二の次で、大切なのは詩だった――貧しかろうと別にかまわなかったんだ――みずからの綴った熱い思いをこめた詩、ほとばしる魂の叫びこそ、たとえおのれの身が灰になろうとも生かしつづけなければならないものだった。じわじわと彼を燃やし尽くそうとしている内なる炎が、出口を探しつづけていた。

そしてここから、彼にとって最もつらい、失意の日々が始まった。すでにこの詩を読んだきみにはとても信じがたいだろうが、彼の詩を本にしようという出版社はロンドンのどこにもなかった。詩などというものは、ひとりふたりの著名な詩人のもの以外売れるはずがない、だから目を通す価値もない、というのが彼らのいいぶんだった。誰がユアン・トレイルなどという無名の詩人に金を出す？　むろん自費出版という手もなくはなかったが、これには深刻な問題があった

――トレイルは文字どおり無一文で、そのようなことに遣う金などどこにもなかったからだ。すでにあちこちからの督促状が山積みになっていた。

かつてのチャタトン（トーマス・チャタトン。十八世紀の贋作詩人。十七歳で自殺）もそうだったが、詩人というものの性《さが》なのだろうか、トレイルも二十五歳という若さでみずからの命を絶った。チェスウォルド・ロッジのすぐ隣には松林があり、一マイルほど南へひろがったのちひらけた共有地に続いているのだが、彼はその松林の中心にあるちいさな四阿《あずまや》で、自分の頭を銃で撃ち抜いた。

気の毒なリーラは無一文のままあとに残された。屋敷も家財も競売に出されるところを救ったのが、彼女の家族と懇意にしていたわが友人ティレルだった。彼は屋敷をまるごと買いあげ、リーラをふたりの娘の家庭教師《ガヴァネス》としてそのまま屋敷に住まわせた。いまも彼女はあの屋敷にいるはずだ、デクスター――少なくとも昨日までは。だがわからない――いまもほんとうにいるのかどうか」

ヴァンスがふと黙りこんだ。胸のつまるような沈黙だった。目的地は近かった。前方にホグズバック山のひとつづきになった長い尾根がひろがっている。車は起伏のある道を走りながらひらけた郊外を走り、あたりにはヒースの香りが満ちていた。

やがてヴァンスがふたたび話しだした。「ティレルは、屋敷の前の所有者から聞いたというこの話をわたしにすっかりし終えると、今度は自分たちが越してきてから起こりはじめたさまざまな厄介ごとについて説明しはじめた。いずれも奇妙なことばかりで、これだけ場数を踏んできたわたしでさえ、初耳なことばかりだった。

なかでも早急に手を打たねばならなかったのは、ある意味はっきりと目に見えるものだった——そう、火だ。

屋敷で何度も原因不明の小火《ぼや》が起こった。トレイル夫妻の寝室と、リーラにあてがわれた部屋、それぞれで二、三度火が出た。窓辺のカーテンやベッドの天蓋が燃えたこともあれば、亡くなった詩人がとりわけ愛用していた安楽椅子の下から不気味な火の玉が飛び出してきたことすらあった。ありがたいことにいずれも小火のうちに発見され、大事には至らなかったがね。

小火はほかの部屋でも起こったが、特に激しかったのはティレルの書斎だった。彼もじつは物書きなので、そこを仕事場にしていたんだ。

『聞いてくれ、ヴァンス』ティレルはいった。『炎があがる瞬間をこの目で見たんだ。そのときも火の気はまったくなかったし、わたしはもちろん、ほかの誰かの不注意とも思えなかった。書きかけのものを仕上げてしまおうとわたしだけが起きていて、ほかの者はみな寝静まっていた。年の初めで夜はまだ寒かったので、火床の火は絶やしていなかった。その部屋には、あとはランプがふたつともっているだけだった。わたしが書きものをしていたテーブルの上に笠つきの読書ランプがひとつ、すこし離れたところに背の高い床置きランプがひとつ。わたしは煙草はやらないので、マッチを落としたなどということも考えられない。あのとき、室内がしだいに暑くなってきた気がした——不自然な熱さを感じたのはそれが初めてではなかった。屋敷じゅうで同じようなことが頻繁に起こっていたからだ——家族も使用人たちもほぼ全員それに気づいていた——やがて部屋の暑さは耐えがたいものとなり、わたしは立ちあがって窓を開けに行った。そのとき

――ヴァンス、わたしは迷信深い男でもなければ、それまで超常現象などともいっさい関わりのない人生を送ってきた――なんとも奇妙な感覚が全身を走り抜け、この部屋に誰かいる、とはっきり感じた。それまでにも似たような感覚を何度か味わっていた――気配を感じて振り向いても、いつも誰もいないんだ――きみならわかってくれるだろう。しかしこのときばかりは、そこに誰かがいるのがはっきりとわかった。そこで、つい先ほどまで自分がすわっていた椅子を見やった。その瞬間、まさに冷たいものが全身を駆け抜けた。暗がりでなにも――つまりこの目には――見えないはずなのに、どういうわけかわかってしまったんだ。椅子に誰かがすわっていた。とたんにきなくさいにおいがしはじめて、テーブルの抽斗から煙があがっているのが目に入った。わたしは書いたものをそこに入れていたが、おそらく前の持ち主も同じことをしていたにちがいない。火はすぐに消えたし、これといった被害もなかったが、まさにこういうことばかり起こるんだ。わけがわからない――しかも危険すぎる――いつかふいをつかれて、われわれの頭上に屋敷がまるごと焼け落ちてこないともかぎらないだろう？』

そういったティレルの顔は深刻だった。これは見過ごすわけにはいかない、とわたしも思った。しかし火の手があがったのは屋敷の中だけではなかった。先ほど話した松林ではさらに頻繁に火事が起こっていた――大火事が起こりやすい季節でもないのに。ティレル氏によれば、火元とみられる焦げ跡が林のあちこちに山ほどあるとのことだった――彼はこう表現していた――まるでロマの民の野営の跡がいくつも残っているかのようだ――ただ、近頃このあたりに彼らの姿はまったくなかった、と。

やがてしだいにこのことが人々の口にのぼるようになり、さまざまな噂が飛び交った。角灯《ランタン》のようにふわふわと林の中を飛ぶ光を見たという者もあれば、さらに奇妙な――まるで流れ星のようだったとか、枝間で花火をあげているみたいだった、などという――話も飛び出した。しまいには、火の玉が木のてっぺんまでのぼっていってそこで爆発した、なんてことをいいだす者まであらわれる始末だ。ともかく屋敷の評判はさがるばかりだった」

ここでヴァンスはふたたび黙りこみ、しばらくしてまた話しはじめた。時間が許すかぎりできるだけ細かい部分にも触れ、それからさまざまな現象について調べた結果、彼がいかなる結論にたどり着いたかに話は及んだ。

「初めはわたしも、これらの災難と亡くなった詩人とに関係性はまったくないと思っていた」彼は打ち明けた。「四元素をなす火の精霊のしわざかとも考えたが、その可能性はただちに消えた。そもそも霊に火を操る力などない、そう気づいたからだ」

「では真相は？」わたしは訊いた。降参だ。

「答えはきみ自身で導き出したまえ」ヴァンスがいった。「わたしの話から推理するんだ。そしていいかね、こうした事件では、答えをひとつに決めつけることなど誰にもできないし、してはならない。それだけは憶えておくといい。われわれごときの知識は、じつに漠然とした曖昧なものにすぎないのだから」

「きみは重要な手がかりを見つけたんだな？」

「少なくとも、いかなる行動を取るべきかという指針は見つけた。それというのも林をくまなく調べたからなんだが、じつをいえば、昼間のうちに――夜も、というわけにはさすがにいかなかったが――毎日のように見まわりをしてくれた連中がいてね。ティレルは、ボーイスカウトの少年たちに林の見まわりをさせ、火元を見つけたらただちに消火してほしいと頼んだんだ。その中のとりわけ賢い子が、林の中で紙切れが燃えているのを二、三度見かけたとわたしに教えてくれた。いずれも違う場所だったそうだが、ほうっておけば大火事になりかねなかったはずだ、といっていた。そのうちわたしもようやくそうした燃える紙切れに出会うことができた。火を消すと、そこには手書き文字でなにかが書かれていた。そこでその紙切れをリーラ・トレイルに見せたところ、それがなんであるか彼女にはひと目でわかったらしく、ついに重い口をひらいた。

彼女は声をあげて泣きだした。『お話ししますわ、その紙切れが林にあった理由《わけ》を。出版社から原稿を突き返されたユアンは――あらゆる希望を失って――タイプライターで清書した原稿をすべて――一枚残らず――燃やしてしまったんです、まさにこの屋敷の中で。けれど手書きの原稿は――思いついたばかりの言葉を書き留めた、もとの原稿は――常に肌身離さず持っていました』絞り出すような、深い苦悩のにじんだ声だった。『ユアンが命を絶った日のことです。あの人はかなり取り乱していて――わたしがいくらなだめても、まるで聞いてくれませんでした。あの人はわたしを突き飛ばし――あんなにわたしをひたむきに愛してくれていた、あの人が――林に向かって駆けだすと、四阿へ一目散に走っていってしまったのです。懸命にあとを追いましたが、どうしても追いつけませんでした。夜で、ほの暗い月が出ているだけでしたが、姿は見えました。あの人は走りながら、詩の書かれた手書き原稿を細かくちぎっては左右にまき散らしていました。一枚残らず——全部破り捨ててしまったのです。わたしは木の根に足を取られて転び、足を痛めて動けなくなってしまって、その場に倒れこんだまま泣き叫びました。そこへ銃声が聞こえたのです。あの人がみずからを撃ち抜いた銃声でした。わたしにはもう——どうすることもできませんでした』

彼女はふいに押し黙り、胸も潰れんばかりにむせび泣いた。いいかねデクスター、わたしはこのときすでに、リーラ・トレイルはなにかを知っている、しかも霊感がかなり強いようだ、と気づきはじめていた。

さて、わたしはこれらの紙切れをできるだけ集め、入念に調べた。リーラが手伝ってくれたおかげで、完全な形に復元できた詩もあり、詩についてはまったく詳しくないわたしにも、これらの詩がどれだけ価値のあるものかがすぐにわかった。ともかくわたしは決定的な結論にたどり着いたので、ある行動方針を立てた。

そのためにはリーラ・トレイルの力が必要だった。彼女以上にふさわしい人物はおそらくいなかっただろう。先ほども話したとおり、彼女には、人一倍霊感が強いと思われるふしがあった。

わたしの指示どおり、彼女には窓を開けた寝室でテーブルの前にすわってもらった。そして目の前に紙を置いてペンを持たせ、ただ夫のことだけをひたすら思い浮かべてほかのことはいっさい頭から追い出すようにいった。彼女はじつによく応えてくれた。なにも説明しなくても、わたしの求めていることをきちんと理解してくれた。

『あの人がわたしのもとへ戻ってきてくれるなら、どれほど嬉しいでしょう』彼女はため息をついた。『せめてもう一度会えたなら！　愛しているの——こんなにも愛しているのに！』

わたしが彼女になにをさせようとしたか、もうきみにもわかっただろう？　デクスター。手がかりが見えてきたかね？　ユアン・トレイルなる不幸な詩人は、みずからの手書き原稿を跡形もなく破り捨ててしまった——彼の綴った、あの炎をはらんだ情熱的な言葉の数々を世間に知らしめる機会は永遠に失われてしまったんだ。だがほんとうに、肉体が死ねばひらめきの炎も無に帰してしまうのだろうか？　肉体から解き放たれて、命と情熱をほとばしらせながら燃えつづけることはけっしてないのだろうか？　わたしにはわからない。われわれごときに説明できることではない。今日のわたし自身とて、ようやく真相の片鱗に触れただけにすぎない。

ともかく、デクスター、わたしがいかなる仮説のもとに行動を起こしたのか、すでにきみにもおわかりだろう。失われてしまった詩を復元することができれば——そしていずれ世間に知らしめることができれば——行き場をなくした炎は、彼が望んだとおりのはけ口を見いだすことができるかもしれない。消せない炎——ひらめきの炎——それこそがいまわたしが問題にしている、向かい合うべき相手だったんだ。

リーラはよく応えてくれた、と先ほどもいった。彼女にとって自動筆記は初めての経験だったから、じっさいに成果が得られるまでには一日二日かかった。だがいざ始めてみれば、彼女のペンが紙の上を飛ぶようにすべっていく速さときたら——それはもう——驚嘆すべきものだった。その結果できあがったものは、きみもすでに見たはずだ。きみが昨夜読んでいた本こそ、リーラ・トレイルが亡き夫の思念を受け、一語一句書き記したものだ。ユアンは妻を通じてみずからの言葉をこの世に届けた。わたしのとんだ勘違いでさえなければ、いずれあの詩集が出版の日の目を見れば——じきにそうなるだろう、というのもわたしがこの手で出版するつもりだからな——ユアン・トレイルの安まらぬ魂から発せられた炎、ひらめきから生まれた迷える炎は、本来向かうべきだった場所へ導かれ、その場所で永遠に燃えつづけることができるにちがいない。人々の記憶と心で永遠にともりつづける、消えない炎、消せない炎となって」

わたしは深く息をついた。「ではわたしが昨夜見たのは——」思いきっていってみた。「きみが見た幻の意味もほどなく明らかになる」彼の声は沈んでいた。「いまのわたしにいえるのは、ユアン・トレイルが最後の言葉をすべて伝え終わり、満たされた思いでいるはずだ、ということだけだ。昨夜渡した本が未完成だということはむろんきみも気づいただろう。わたしは最後の一篇が締めくくられるのを待っていた——どうやらそれも終わったようだ」

そういって、車の上であるにもかかわらず突然立ちあがると、指さした。「見たまえ、デクスター！」と声をあげる。

彼の指の先を見やると、炎が通り過ぎたらしき黒焦げの土地が見えた。火はまだ完全には消えておらず、それ以上燃えひろがらないようにヒースをせっせと地面から引き抜いている男たちの姿が見えた。

「きみのいうとおりだったな、デクスター」ヴァンスはつぶやいた。「見間違いなどではなかった。松林はすっかり焼け落ちてしまったとみえる。だが見たまえ、デクスター、屋敷はあそこだ。ありがたいことに、屋敷は燃えずにすんだらしい」

やがてわたしたちの乗った車はチェスウォルド・ロッジの玄関先に停まった。いくつもの破風が並んだ、細長くて背の低い昔ふうの建物だ。わたしたちとほぼ同時に、ティレル氏が玄関先にやってきた――使用人たちに交ざって、燃えた林を片づけていたのだ。険しい顔つきをしており、わたしとはろくに挨拶も交わさず、一刻も早くわが友人に内密の話を伝えたくてたまらないようすだった。その重要な話というのがなんであるのか、わたしには直感でわかってしまった。

「気にせず話してくれていい、ティレル」ヴァンスがいった。「デクスター氏はこの件についてなにもかも承知している」

するとティレル氏は話しはじめた。リーラ・トレイルが亡くなったという。夫が命を絶ったまさにその四阿で、彼女は倒れていた。身体には傷ひとつなく、幸せそうに微笑んでいた。生きている間ですら見たことのないような、満たされた表情だった。なにごともなかったかのように四阿だけが燃え残り、焼け野原にぽつんと建っていた。

どうして火事が？　きっと嵐のせいだろう――木に雷が落ちたにちがいない。隣人たちはそのように結論づけ、それ以上議論が交わされることはなかった。

しばしのち、わたしたちはリーラの寝室に足を踏み入れた。彼女が夜どおし書きものにいそしんでいた場所だ。ひと目見てそうだとわかった。すべて幻で見たままだったからだ。いまは消えているが、テーブルの上にランプがひとつ。その足もとには彼女がペンを走らせていた紙がある。ペンは書き終えたそのままの場所に転がっており、張り出し棚の上のちいさな置き時計は二時をさしたまま止まっていた。

「見たまえ、デクスター」ヴァンスはただそういった。文字の書かれたページを指さす。

完成した詩の下に、たったひとことだけが添えられていた。リーラ・トレイルのものとは明らかに違う筆跡だった——力強い男の文字だ。〝了〟と。

だがきっと、ふたりにとってはこの〝了〟の文字こそ、ほんとうの始まりにちがいなかった。

ヴァンパイア The Vampire

エイルマー・ヴァンスはピカデリーのドーヴァー街に部屋を借りていた。いよいよわたしも彼を心霊現象の師と認めてその背中を追いかけるつもりになったので、それならいっそ同じ下宿に越してしまおうと思い立った。エイルマーとわたしはあっという間に親友になった。わたしは自分に千里眼の力があるなどとはこれまで気づきもしなかったが、彼はわたしに、その力をいま以上にのばすためにはどうすればいいかを教えてくれた。そしてわたしのこの特殊な能力が、このあといくつかの重要な場で活躍することとなる。

それと同時に、ほかのことでもヴァンスの役に立ちたいと思ったが、結局は彼の摩訶不思議な冒険の記録係という役割に落ち着いた。なにしろ彼には自分の経験を世間に知らしめようという気がまるでなく、とにかく科学研究のためだからとかなんとかいいくるめて、彼の経験を詳細にまでわたって記した報告書をようやく書かせてもらえるようになった。

わたしがいまから語ろうとしている事件は、わたしたちが同じ下宿に住みはじめてまもなく、つまり、わたしがまだ見習いのうちに起こった。

来客を告げられたのは午前十時頃のことだった。名刺にはポール・ダヴェナントと記されていた。

その名前には見おぼえがあった。ポロ選手でもあり、とりわけ障害物レースに強いアマチュア騎手でもあるあのポール・ダヴェナントと同一人物だろうか、とわたしは首をかしげた。彼は若くして名声を築きあげた男で、確か一年ほど前に、まさしく旬の美女といわれていた女性と結婚した。挿絵つきの新聞はこぞってふたりの姿絵を載せ、当時わたしも、なんという美男美女の組み合わせだろう、と思ったものだ。

招き入れられたダヴェナント氏を見て、わたしは初めのうち、はたしてこれはほんとうにわたしの思い描いていた人物だろうかと自分を疑った。頬は土気色で、いかにも具合が悪そうだ。結婚当初は身体つきもがっしりしていて背筋もぴんとのびていたのに、目の前の彼は背を丸め、足を引きずって歩いている。しかも顔は完全に血の気を失っていて、唇のあたりは心配になるほど真っ青だった。

だがやはりあのポール・ダヴェナントにちがいなかった。これらの外見の奥に、見おぼえのあるハンサムな顔だちがうっすらと見え隠れしていたからだ。

お決まりの初対面の挨拶を交わしたあと――エイルマーに椅子を勧められて腰をおろした彼は、怪訝そうにわたしのほうをちらりと見た。「できれば人払いを願えないでしょうか、ヴァンスさん」彼はいった。「世間話というわけにはいかない、きわめて深刻な話なもので」

むろんわたしは即座に立ちあがって部屋を出ていこうとしたが、ヴァンスがわたしの腕に手を置いてそれを制した。

「ダヴェナントさん、そのお話がわたしの専門分野に関係のあることで、しかもあなたのためになんらかの調査に取りかかってほしいとおっしゃるのなら、こちらのデクスター氏もぜひ信頼していただけるとありがたいのですが。彼にはわたしの助手をお願いしていますのでね。ですが、どうしてもとおっしゃるのなら――」

「ああ、そうですか」ダヴェナントがさえぎった。「それならデクスターさんもいてください。ところで」彼は親しげな笑みを浮かべてわたしを見やり、いい添えた。「デクスターさん、もしかして大学はオックスフォードじゃありませんか？　おれはだいぶ後輩ですが、あなたの名前は知っている。おれの記憶違いでさえなければ、確かヘンリーレガッタの選手だ」

わたしはすっかり気分をよくして、そのとおりだと答えた。あの頃はボート競技に明け暮れていた。男にとっては、自分が母校を勝利に導いたという思い出はいつまでも消えることのないものなのだ。

これを境にわたしたちはすっかり打ち解け、ポール・ダヴェナントはエイルマーとわたしに心を許してくれた。

彼はまず自分の外見に話題を振った。「一年前とはまるで別人でしょう。半年前からです、体重が落ちはじめたのは。こちらの医者に診てもらおうと思って、一週間ほど前にスコットランドからロンドンに来たんです。二人の医者に診てもらって――意見のつき合わせまでしてもらったんですが――結局、納得のいくような答えは得られませんでした。医者にもお手あげだったようです」

「貧血か――あるいは心臓に問題があるのでは」ヴァンスは先ほどから、一見それとはわからぬよう、客人を注意深く観察していた。「あなたがたのような、身体を酷使するスポーツ選手にはけっして珍しいことではない――心臓に負担がかかりすぎたのかも――」

「それはありません」ダヴェナントが答えた。「心臓はいたって丈夫です。どうやら、血管中の血液が欠乏しているらしいのです。事故に遭って大量に出血しなかったか、と訊かれました――ですがそんなおぼえはまるっきりありません。事故になど遭っていないし、貧血といわれても、自覚症状もいっさいないのです。いつの間にか血が減っている。しかもしばらく前から。というのも、日に日に具合が悪くなっているからです。気づかないうちに少しずつ――突然倒れるようなことはないにしても、、だんだんと健康が蝕まれていくのを感じるんです」

「ふむ」ヴァンスが慎重に口をひらいた。「ではなぜわたしのところへ？　むろん、なぜわたしのたずさわる分野に、ということです。あなたの健康状態がわれわれのいう〝超常現象〟と関わりがあるとお考えになった理由を、ぜひお聞かせ願えますかな？」

ダヴェナントの頬に、ほんのすこしだけ赤みが戻った。

「奇妙きわまりないのです」低い、真剣な声だった。「おれ自身、さんざん考えあぐねました。あまりにもばかげている――念のためにいっておきますが、おれは迷信を信じるほうじゃありません。だからといってなにもかも頭から否定してかかるつもりはありませんが、その手のことが気になったことはいままで一度もなかったんです――なにしろ、慌ただしい毎日を送っていたものですから。ですがさっきも申し上げたとおり、今回の件はあまりにも奇妙だ。そこで、あなたを訪ねたわけです」

「初めから聞かせていただけるだろうか？」ヴァンスがいった。興味が湧いたようだ。椅子に腰を預け、足台に両足を載せて、膝に両肘をついて頬杖をつく――彼のお気に入りの姿勢だ。

「ひょっとすると」と静かに訊ねる。「身体になにか痕があるのでは？　どんなちいさなものでもかまいません、ここ最近あなたの身体が弱って体調がすぐれないことと、なんらかの関わりがあるのではないかと思われるようなものがありませんか？」

「なぜわかるんです」ダヴェナントが答えた。「おっしゃるとおり、身体に妙な痕があるんです。身におぼえのない、傷痕のようなものが。じつは医者にも診せましたが、ふたりとも、体調がすぐれないこととはまず関係ないでしょう、の一点張りでした。たとえ関係があったとしても、医者たちにとってはおそらく思いもつかないものだったにちがいありません。痣《あざ》か黒子《ほくろ》だと思ったようで、これは生まれつきですか、と訊かれましたよ。けれど、誓って生まれつきなんかじゃありません。最初に気づいたのは半年前、身体の調子が悪くなりはじめた頃でした。じっさいに見ていただいたほうが話が早いでしょう」

彼は襟を緩めて喉もとをあらわにした。ヴァンスは立ちあがり、件の傷痕にしばらく目を凝らしていた。傷は喉の中心からやや左寄りの、ちょうど鎖骨の上のあたりにあった。ヴァンスが気づいたとおり、頸動脈の真上だ。間近で見られるよう、わが友人がわたしにも声をかけてくれた。医者たちの意見がどうあれ、エイルマーはかなり興味津々だった。

とはいえ傷はほとんど目立たなかった。ほかの部分は無傷で、炎症も起こしていない。赤い傷痕がふたつ、一インチほど間を空けて並んでおり、両方とも三日月のような形をしていた。ダヴェナントの肌が白すぎるほどに白くなければ、こんなにもはっきりとは見えなかったかもしれない。

「たいした傷ではないんですが」ダヴェナントはぎこちなく笑った。「薄くなってきたような気もしますし」

「その傷がいまよりも赤く腫れあがるようなことはありますか？」ヴァンスが訊いた。「あるならば、それはどんなときに？」

ダヴェナントはしばし考えていた。「確かに」と、やがて重そうに口をひらいた。「何度かそういうことはありました。そういえば、傷がひらいていて腫れているのは、いつも決まって朝起きたときです。かすかな痛みを――チクチクするような痛みを――感じることもありましたが、それほどの痛みでもないので、別段気にも留めませんでした。いわれてみれば、そういう日の朝はいつも疲れが抜けず妙にだるくて――やけに身体が重かったような気がします。ヴァンスさん、そういえば一度、傷痕のすぐ横に血がこびりついていたことがありました。そのときは特に気にもせず、拭き取ってしまいましたが」

「なるほど」エイルマー・ヴァンスはふたたび腰をおろし、客人にも椅子を勧めた。「さて」とふたたび口をひらく。「ダヴェナントさん、奇妙きわまりないとおっしゃいましたね。そこのところをお聞かせ願えますかな？」

するとダヴェナントは襟を正して話しはじめた。話の間、ヴァンスとわたしがときおり口を挟んだが、いまはできるだけそれは省いて、彼の話だけをここに記しておこう。

ポール・ダヴェナントは先ほども記したとおり、すでに富も名誉も手にしていたので、どこから見ても、まさしくジェシカ・マクセイン嬢の結婚相手としてふさわしい人物だった。やがて彼の妻となったのは、このうら若き女性だった。体調がすぐれなくなったという話の前に、このマクセイン嬢なる女性と、その家族の歴史を細部にわたって聞く必要があった。

マクセイン嬢はスコットランドの家系の生まれで、スコットランド人らしいところもなくはなかったが、見た目は少々違っていた。もともとの生まれであるハイランドの美人というよりも、遠い南国の美女という雰囲気だった。誰もが自分にぴったりの名前を授かるとはかぎらないが、彼女の場合はとりわけ不似合いだった。彼女にジェシカという名前がつけられたのは、その呪われた血の力を少しでも弱めようという思いが込められていたにちがいない。その理由は追々話すこととしよう。

特に目を惹いたのはそのみごとな赤い髪だった。イタリアにしかいないような——ケルト系とはまた違う——目の醒めるような赤毛だった。髪は足もとに届くほど長く、濡れたようにつややかで、まるで髪の毛自体がひとつの生きもののようだった。おもざしもまた、その髪にまさるとも劣らぬ美しさだった。肌は象牙色に輝き、ほかの赤毛の女性たちとは違って頬には染みひとつなかった。彼女の美貌はある先祖から代々受け継がれてきたものだった。かつて、いずこかの異国からスコットランドへ連れてこられた女性だというが——彼女がどこから来たのかを知る人はいないという。

ダヴェナントはそんな彼女にひと目で恋に落ち、多くの求婚者たちを蹴散らして、ついに彼女の愛を射止めた——と思った。このときの彼は、まだマクセイン嬢の素姓をほとんど知らなかった。身寄りはないが親の遺した財産のおかげで裕福な暮らしをしていること、かつて歴史に名を残した——というよりも悪名を残した——家系の最後のひとりであるということだけは知っていた。マクセイン家は騎士道精神にのっとったおこないよりも、むしろ血に飢えた残虐なおこないの数々によってその名をとどろかせていた。強盗団の一族として、みずからの国の歴史に血塗られたページを書き加えたことも一度や二度ではない。

ジェシカは、かつては父親とふたり暮らしだった。父の持ちものだったロンドンの家で、十五歳くらいの頃に父親が帰らぬ人となるまで一緒に住んでいた。母親はジェシカが物心つかぬうちにスコットランドで亡くなった。マクセイン氏は妻の死に憔悴しきり、土地管理人にすべてをまかせて――といっても借地人などひとりも残っていなかったので、管理人の仕事はほぼないに等しかった――幼い娘を連れてスコットランドの屋敷を出ていった――という噂だった。それ以来、ブラックウィックの館は何年にもわたり、きわめて喜ばしくない評判ばかりをたてられていた。

父親の死後、マクセイン嬢はメレディス夫人なる女性と暮らすようになった。母親の遠縁だという――というのも、父方の親戚はひとりも残っていなかったからだ。いまやジェシカは一族の最後の生き残りだった。かつてはおおぜいの親戚がいて、血族間での結婚がしきたりとなっていたものの、この二百年で一族はしだいに数を減らしていた。

メレディス夫人はジェシカを社交界の集まりに連れていった――マクセイン氏が存命だったなら、まず叶わなかったことだろう。氏は気難しく思いこみの強い人物で、実年齢よりもかなり老けていた――深い悲しみを背負いすぎ、やつれ果ててしまった男の姿がそこにあった。

なんにせよ、先ほどもいったとおり、ポール・ダヴェナントはジェシカにひと目で恋に落ち、ほどなく彼女に求婚した。当然ジェシカにも好かれていると思っていたので、まさか断られるとは露ほども思っていなかった。しかも彼女はなにひとついいわけせず、ただよよと泣き崩れた。

ひどく落胆し、途方に暮れたダヴェナントはメレディス夫人に相談を持ちかけた。夫人とはだいぶ懇意になっていたので、彼は夫人から、ジェシカにこれまでも幾人か求婚者があらわれたこと、いずれも好ましい男性ばかりだったのにみなジェシカが断ってしまったことなどを聞き出した。

そこでポールはみずからを奮い立たせた。その男たちはたぶんジェシカに愛されていなかったんだ、だがおれは間違いなく彼女に好かれていたはずだ、と。そしてふたたび彼女に求婚した。

結果は前よりもましだった。ジェシカは彼を愛していると認めたが、それでもやはり結婚はできないと繰り返した。愛も結婚もわたしには必要ないの、と彼女はいった。そればかりか、なんとも驚いたことにこう口にしたのだ。わたしには呪われた血が流れているの——その呪いはいつかかならずおもてにあらわれるばかりか、わたしの人生に関わるすべての人を、取り返しのつかない恐ろしい目に遭わせてしまうに決まっているわ、と。愛する人をそのような危険にさらすことなどできない、と彼女はいった。とりわけ、その邪悪な血が親から子へ受け継がれるということが、彼女に結婚を踏みとどまらせていた。わたしを母と呼ぶ子が生まれてはならないの——この血はなんとしてもわたしの代で絶やさなければ、そう彼女はいった。

むろんダヴェナントは面喰らい、これはきっとジェシカが、相手にいいくるめられないよう精一杯考えた可愛らしいいいわけだと思うことにした。だがひとつだけ理由が思い浮かんだ。ひょっとして、精神の病を恐れているのだろうか？

だがジェシカは首を横に振った。さかのぼっても、先祖には精神に異常をきたした者はひとりもいない、と彼女はいった。邪悪の種はもっと深刻で、もっと油断のならないものなのだ、と。そして彼女は知りうるすべてを彼に打ち明けた。

この〝呪い〟は——ほかに思いつかないのでそう呼ぶけれど、と彼女はいった——もともと、マクセイン家の先祖である古い種族が抱えていたものだった。ジェシカの父も、その父もまた父もこの呪いに苦しんできた。彼ら三人の妻は、いずれも謎の病にかかって急激に身体が弱り、結婚後わずか数年で若くして亡くなった。古くからこの家に伝わる、血族結婚というしきたりを守ってさえいればこのようなことは起こらなかったはずだが、この三人の時代には一族の者がほとんど生き残っていなかったのでいたしかたなかった。

というのも、この呪い——とりあえずはそう呼んでおく——がマクセインの名を持つ者の命を奪うことはないからだ。そのかわり、望まずとも他人に危害を加えることになる。つまり、呪われた館の血塗られた壁に触れた者は、いずれ命の危険にさらされることとなった。マクセインの名を持つ者と接触した人々、とりわけ身近な親しい者たちが標的となった。

「その血が流れているわたしたち一族がいずれどうなるか、お父さまがなんておっしゃったと思う?」ジェシカは身を震わせた。「〝ヴァンパイア〟になるって。ポール、わかる? 人の生き血を吸う——あのヴァンパイアなのよ——」

笑い声をあげかけたダヴェナントを、ジェシカがとがめた。「笑わないで」と声をあげる。「あり得ないことじゃないの。考えてもみて。わたしたちは退廃の一族なのよ。はるか大昔から、わたしたち一族の歴史は血と残虐なおこないにまみれてきた。ブラックウィックの館の壁には邪悪なものが染みついていて――積みあげられた石という石が、暴力と、苦痛と、穢れた欲望と、人殺しの物語を憶えてる。そんな壁の内側で一生過ごしたら、いったいどんな化けものができあがると思う？」

「そうはいっても、きみはいまその館では暮らしていないじゃないか」ポールはいいきった。「ジェシカ、それはきみには当てはまらない。きみは母上が亡くなったあと、ブラックウィックの館を離れてこちらへ来た、だから館のことなどなにひとつ憶えていない。今後足を踏み入れる必要もない」

「でもこの身体に邪悪な血が流れていることに変わりはないわ」彼女は沈んだ声で答えた。「いまはまだ自覚がないけれど。ブラックウィックの館に戻らずにいられるかどうかも――自分ではわからない。少なくとも、お父さまは気をつけろとおっしゃってた。あの館にはなにかがある、わたしたちを惹きつけるような、なにか得体の知れない力が。いつかおまえもあの館に呼ばれる日が来る、って。ああ、でも、わからないの――わたし自身にもわからない。だからこそなおさらつらいのよ。ただのくだらない迷信だと割り切ってしまえたら、なにも知らなかった頃のように幸せでいられて、毎日が楽しかったはずなのに。だってわたしはまだうんと若いのよ。それなのに。お父さまがいまわの際にあんなことをいい遺さなければ」

知っていることをすべて話してくれとポールが迫ると、やがてジェシカも重い口をひらき、この件と大いに関係があるらしきいい伝えを教えてくれた。さかのぼること二百年、一族の祖先に、ジェシカに瓜ふたつの女性がいたという。この女性の存在が、やがてマクセイン家を不幸に追いやることとなったのだ。

ロバート・マクセインなる人物が、血族以外との結婚を禁ずる一族のしきたりに背き、異国から花嫁を連れてきた。まことに見目麗しき美女で、つややかで豊かな赤い髪と、象牙色の美しい肌をしていた——これ以来、マクセイン一族に生まれた直系の女性には、多かれ少なかれかならずこの特徴があらわれた。

ほどなく、あの女は魔女にちがいない、と近隣の者たちが陰口を叩くようになった。彼女のしわざだとされる奇妙なできごとについての噂が駆けめぐり、ブラックウィックの館の評判は悪くなるばかりだった。

そしてある日、彼女が忽然と姿を消した。ロバート・マクセインは仕事で一日じゅう家を空けており、帰宅して初めて妻がいないことに気づいた。近隣の者たちもみな総出で捜したが、行方は知れなかった。すると、異国出身の妻を溺愛していた癇癪《かんしゃく》持ちのロバートは、借地人たちの誰かが妻を殺したにちがいないと怪しんで、彼らを呼び集めたあげく、ろくに話も聞かずにみな殺しにしてしまった。現代とくらべて殺人の罪は軽かったとはいえ、ロバートは激しく糾弾され、子どもふたりを乳母のもとに残して行方をくらました。それから長きにわたり、ブラックウィックは主《あるじ》なき館となっていた。

だが館の忌まわしい噂が消えることはなかった。まるで、死んだはずの魔女ザイーダがいまだそこにいるかのようだった。借地人の子どもや近隣の若者たちが次々と病にかかり死んでいった

――ひょっとするとただの流行《はや》り病だったのかもしれないが、恐怖という名のマントがこの田園地帯をすっぽりと覆うにはそれだけで充分だった。というのもザイーダの――白い服に身を包んだ色白の女の――姿を見たという噂がたちはじめていたからだ。夜になるとザイーダはひらりひらりと舞うように家から家へ渡り歩き、彼女が通り過ぎた家にはかならずといっていいほど突然の病や死が訪れる、ともっぱらの噂だった。

このときから一族の運命は傾いていった。マクセイン家は代々続いたが、新たな主としてブラックウィックの館に入った跡継ぎはかならず、たとえそれまでどのような人物だったとしても、とたんに豹変した。あたかも、一族の名に染みついた悪しき重みを一身に吸いあげてしまったかのように――そう、まさしくヴァンパイアとなり、マクセイン家以外の者たちに不幸を振りまくかのように。

そしてしだいに、ブラックウィックからは借地人たちが姿を消していった。周囲の土地は耕されぬまま荒れ放題となり――小作人たちの小屋は空《から》になった。かの土地はいまもそのままだ。それというのも、迷信深い農民たちの間にはいまでも、得体の知れない白ずくめの女があたりをさまよい、その姿を見た者に死を――ひょっとすると死より恐ろしいものを――もたらすのだ、といういい伝えが根づいているからだ。

それでも、マクセイン家の人々は先祖代々の館を捨てられなかったとみえる。みな充分な蓄えもあり、別の場所でなに不自由なく暮らすこともできたはずなのに、なんらかの抗いがたい力に引き寄せられるのか、ほぼ廃墟と化した館で、近隣の者たちにも疎《うと》まれ、この土地にかじりついているわずかな借地人たちにも怯えられ忌み嫌われながら、館で孤独な暮らしを送ることを選んだ。

ジェシカの祖父、そして曾祖父も同じだった。ふたりとも若い妻を娶《めと》ったが、愛の日々はどちらにとってもたいへん短いものだった。ヴァンパイアの血は、もはやこの世に亡き悪しき先祖たちから脈々と受け継がれ、子孫である彼らにはっきりとあらわれていた——少なくともそのように見えた——生贄となったのは若い血だった。

そしてジェシカの父親が館を継いだ。彼は先祖に学ぶことなく、父や祖父の歩んだ道を一歩たがわず進んでいった。当然ながら、最愛の妻にも同じ運命が待ち受けていた。死因は悪性貧血だった——医者たちはそう診断をくだした——だが彼女を殺したのは自分だ、と夫は思っていた。

とはいえ彼は先祖たちにならわず、後ろ髪を引かれながらも必死の思いでブラックウィックを出た——わが子のためだった。だがじつは娘に気づかれぬよう、一年に一度は館に戻っていた。古い館の薄暗くて不気味な大広間や廊下、果てしなくひろがる手つかずの荒れた大地、暗い松林、それらを思いだすと胸をかきむしられるような思いがし、どうしても戻らずにはいられなかった。そして自分と同様、娘もまたこの運命から逃れられないこともわかっていた。そこで、死という安息がようやく訪れようというときになって初めて、彼は警告をこめ、一族の運命がいかなるものであったかを娘に話して聞かせたのだ。

自分を妻にしたいといった男に対し、ジェシカが語った話は以上だった。だが男はやはり本気にせず、くだらない迷信にすぎない、気が高ぶって迷いごとを口にしただけだろう、と思っただけだった。そしてついに――とはいえジェシカも彼を心から愛していたので、さほど苦労したわけではないのかもしれないが――彼女をなんとかいいくるめ、ダヴェナントの言葉を借りれば〝病んだ考え〟を頭から追い払わせて、できるだけ早く結婚しよう、という約束を取りつけた。

「きみのためならなんでもするよ」彼はいいきった。「きみが望むなら、ブラックウィックの館で暮らしてもいい。愛しいジェシカ、まさか、きみがヴァンパイアだなんて！　そんなばかな話、いままで生きてきた中でも聞いたことがない」

「お父さまはおっしゃってたわ、わたしは魔女ザイーダにうりふたつだ、って」彼女はいい返したが、キスで唇を塞がれてしまった。

やがてふたりは結婚し、ハネムーンを海外で過ごした。秋が来た頃、ポールのもとにスコットランドでひらかれるハウスパーティの招待状が届いた。彼の大好きな雷鳥狩りがおこなわれるとのことだったので、ジェシカにも反対する理由はなかった。

スコットランドに足を踏み入れるなど、まさに愚かな行為だったのかもしれない。だがこのとき、深く深く愛し合っていた若いふたりには怖いものなどなかった。ジェシカは身も心も健康そのものだった。彼女は幾度となく口にした。もしブラックウィックの館のそばを通ることがあったら、その古い館とやらをわたしも見てみたいわ。そうしたら、もうあんなくだらない恐怖心なんかとっくに克服したってことがわかるはずだもの、と。

素晴らしい計画だとポールも思った。そこである日のこと、ふたりは近くまで来たついでに、ブラックウィックの館へ車を走らせ、土地管理人を見つけて館を案内させた。

館は巨大な城郭ふうの建物で、歳月を経て灰色に煤《すす》け、ところどころ崩れ落ちていた。険しい斜面に建っており、周囲の岩がまるで館の一部のようになっている。しかも片側は絶壁で、百フィートほど下に渓流が流れていた。かつてのマクセイン強盗団にとって、これ以上堅固な砦《とりで》はなかっただろう。

館の裏の斜面をのぼったところには暗い松林があり、無骨な岩が下生えのあちこちから突き出ていた。岩はいずれも風変わりな形をしていて、まるで巨大でいびつな人の群れが、館と、館へのただひとつの道である峡谷を守るべく立ちはだかっているようにも見えた。

この峡谷にはいつも不気味な耳慣れぬ音が響きわたっていた。風の通り道なのかもしれないが、ほとんど風のない日でも、まるで出口を探すかのように風が渦巻き、哀しげな泣き声をあげながら松の枝間やそびえ立つ岩の間を吹き抜けては、やがてあざ笑うような響きを残し、岩だらけの山から山へ駆け抜けていく。まるで迷える魂の嘆きのようだった。そう――ダヴェナントはいっていた――迷える魂の嘆きのようだった、と。

この渓谷を道が走っていたが、道といっても獣道のようなものだった。道はさらにその先で湖をぐるりと一周していた。この湖に日が射すことはめったになく、張り出した枝がちいさな深い湖を常にすっぽりと覆っている。そして道はのぼり坂となり、館へ続いていた。

しかもその館ときたら！　ダヴェナントはそれほど多くの言葉をもちいたわけではないが、なぜかわたしの心の目には薄暗い大きな建物が見えたし、その中に漂う不気味さのようなものも感じられた。おそらく千里眼の力が手助けしてくれたのだろう、なにしろ彼の話を聞いたとき、なにもかもすでに見たことがあるような気がしてならなかったからだ。巨大な石造りの大広間も、たとえ最も天気のよい暑い日だろうと常に薄暗くて涼しい廊下も、黒っぽいオーク材の羽目板が張りめぐらされた部屋も、かつてのマクセイン家の当主が、館の敷地内に逃げこんだ牡鹿を追って、おおぜいの家臣を引き連れ、馬で駆けのぼったという幅の広い正面の階段も。また館の建物そのものは、時による浸食さえものともしない分厚い壁に守られ、地下につくられた土牢には、終わることのない理不尽な苦痛を与えられたいにしえの人々の、身の毛もよだつような物語がいまも眠っていた。

さて、ダヴェナント氏とその妻は、土地管理人にできるかぎりの案内をさせてこの不吉な館をめぐった。そうしながら、ポールはダービシャーの快適なわが家を思った。ジョージ王朝ふうの豪華な大邸宅にあらゆる現代的な工夫を凝らし、そこでふたりで暮らすつもりでいた。だから館を出て車を走らせているとき、妻が片手を彼の掌にすべりこませてこうささやいたときには、いささか衝撃を受けずにいられなかった。「ポール、約束したわよね、わたしのためならなんでもしてくれるって」

彼女はなぜかそのまま黙りこくっていた。ポールは妻を気遣い、いってみろよ、とは口にしたものの――本心から出た言葉ではなかった。彼女がなにを望んでいるのか、すでにうすうす気づいていたからだ。

あの館に住みたいの、と彼女はいった――いいえ、ほんのすこしの間だけでかまわないのよ、どうせすぐに飽きるでしょうし、と。だがあの館はもうジェシカの持ちものなので、書類や資料も見てもらわなければならない、と土地管理人もいっていた――ジェシカはこうもいっていた。先祖が何代も前から暮らしてきたというあの場所に興味があるの、できればもっと隅々まで見てみたいわ。違うのよ、古い迷信に惑わされてるわけじゃないの――あんなもの、いまは気にもしてないわ――信じていたなんて、わたし、ほんとうになんてばかだったのかしら、と。その考えを改めさせたのはまさしくポールだったし、彼自身、なにもかもまったく根拠のない迷信だと頭から思いこんでいたので、つい、妻のほんの気まぐれくらい許してやろうという気になってしまった。

しかも彼女のいいぶんはもっともなので、むげに突っぱねることもできなかった。結局はポールが折れたが、揉めはしなかった。かわりといってはなんだが、彼はいくつか提案をした。せめてきみが住み心地がいいように、館の内装をととのえさせてくれ――すこし時間はかかるだろうが。でなければ来年まで――夏まで――館行きを延ばしてほしい。これから冬だというのに、なにもこんな時季に行かなくてもいいだろう、と。

だがジェシカは、そんなに待っていられない、といい、しかも改装などもってのほかだ、といいはった。そんなことをしたら幻想的な雰囲気が台無しのうえ、そもそもほんの一、二週間いられればいいのだからお金の無駄だわ、と。じつをいえばダービシャーの家もまだととのっていなかった。壁紙が乾くのをいましばらく待たなければならなかったからだ。

そういうわけで、一週間後、友人たちをひととおり新居に招き終えると、ふたりはブラックウィックに向かった。土地管理人は取り急ぎ使用人たちをそこらから集めて、ふたりがなるべく快適に過ごせるよう手を尽くしてくれた。ポールは内心不安で気もそぞろだったが、迷信についての持論をあれだけ偉そうに公言してしまった手前、妻に本音をいうわけにもいかなかった。

結婚してから三か月が経ち――さらに九か月が経ったが、あれ以来、ふたりがブラックウィックを離れたことはほんの数時間くらいしかなかった。いまポールがこうして――ひとりで――ロンドンにやって来るまでは。

ダヴェナントは吐き捨てるようにいった。「あなたひとりで出ていって、と妻には何度も言われました。あいつは目に涙をため、ひざまずくような勢いで、わたしのことは置いていって、と繰り返したのですが、おれも、きみと一緒でなければ出ていくつもりはない、とずいぶん粘りました。ところが問題はそこだったんです、ヴァンスさん、あいつは出られないいいんです。なにか得体の知れない不気味なものが、足枷のごとくおれの妻をあの館に縛りつけているのです。どうも、その力は父親のときよりも強くなっているらしい――父親は一年のうちの半分ほどを館で過ごせばそれで充分だったので、海外旅行に行くふりをしてやり過ごしていたそうです。彼女の父親をとらえていた館の呪縛が――なんと呼ぼうと、あのいまいましいしろものが――その手を緩めたことなど、ほんとうは一度としてなかったのです」

「奥方を無理やり連れて出ようとはなさらなかったのですか？」ヴァンスが訊いた。

「幾度か試してみましたが駄目でした。館の敷地の境を越えたとたんにあいつは具合が悪くなって、結局いつも戻るはめになるのです。一度ドレカークまで――ご存じのとおり、館から一番近い町ですが、そこまで行ってみたんです。朝までそこにいられれば大丈夫だろうと思いました。

ところが妻は逃げたんです。窓から抜け出して——あんな夜に、何マイルもの道を歩いて帰るつもりだったようです。とうとうおれは医者を呼びました。しかし医者に診てもらう必要があったのは妻ではなく、むしろおれのほうだったんです。医者たちは妻のもとを去れと口を揃えていいましたが、おれはいまのいままでけっして従いませんでした」

「奥方になにか変化は？——肉体的な変化、という意味ですが」ヴァンスが口を挟んだ。

ダヴェナントは考えこんだ。「変化、か。確かに変わりました。ですが微妙すぎて、どう説明したらいいのか。あいつはますます美しくなりました——だがこれまでとは違う美しさなのです、といっている意味がおわかりになるだろうか。先ほど色白といいましたが、白さがますます目立つようになったんです。唇が——まるで血しぶきが顔にかかったように——真っ赤なのです。それに、以前はそんなことなどなかったはずなのに、上唇が奇妙な形に曲がっていて、笑うときにも口角をあげないんです——いいたいことがわかりますか？　それに髪も——あのみごとなつやがなくなってしまいました。あいつがおれを案じていることはわかります、しかしどこか妙なんです。さっきも話しましたが、わたしのことは置いていってと口にしたそばから、今度は首に両腕を絡めてきて、あなたがいなければ生きていけない、といいだすのです。だんだんわかってきました。いまジェシカの中ではせめぎ合いが起こっているのです。あいつは恐ろしい力に——たとえその正体がなんであろうと——すこしずつ蝕まれていて、ほんもののジェシカがあらわれるときにだけ、館を出ろとおれにいうのです。だがいっぽうで、そばにいてくれとすがってくるときの——そのときのあいつの、なんと妖艶なことか——ジェシカを見ていると、どうしても思いださずにいられないのです。結婚する前に聞かされたあの話、そしてあの言葉を」――声が低くなる――「〝ヴァンパイア〟」――

ダヴェナントは汗で濡れた額を片手で拭った。「まったくもってばかげた話でしょう」彼はつぶやいた。「とうの昔に滅びた迷信ですよ。だいたいいまは二十世紀だ」

静寂が漂った。やがてヴァンスが落ち着いた声でいった。「ダヴェナントさん、あなたがわたしを信用し、しかもこれは医者の手には負えないとお考えになったのなら、ぜひともわたしに手伝わせていただけないだろうか？　わたしでもすこしはお役に立てるはずだ――すでに手遅れでなければ。差しつかえなければ、先ほどご提案いただいたとおり、デクスター氏とわたしがついていきますから、一刻も早く――今夜の北行きの郵便列車で――ブラックウィックの館へ向かいましょう。ここまで急を要する状況でなければ、あなたの命のほうが大切だから、館には戻るなと申しあげるのですが――」

ダヴェナントはかぶりを振った。「その忠告だけは受け入れられません」といいきる。「決めたんです。なにがあろうと今夜は北へ向かう、と。あなたがたが一緒に来てくださるならば心強い」

かくして話は決まった。のちほど駅で待ち合わせることにして、ポール・ダヴェナントは一旦帰っていった。まだ知らされていないそのほかの詳細については、旅の道すがら話してもらえるだろう。

「いやはや、なんとも奇妙な、しかも興味深い事件だな」ふたりきりになるとヴァンスがいった。「きみはこの件をどう思う、デクスター？」

「あくまでもわたしの意見だが」わたしは慎重に言葉を選んだ。「文明の進歩したこの現代社会に、いまさらヴァンパイア伝説など通用するのだろうか？　年寄りに何度も同じ話を聞かされた末に、若者が悪影響を受けてしまうことは多々ある――いい伝えというものは、人の口を渡るうちに本来の健全な魂を失ってしまいがちなものだ。それに――わたしにも幾人か心当たりがあるが――他人を憂鬱にさせたりエネルギーを消耗させたりする種類の人間というのはかならず存在する。むろん本人たちはまったく無意識だが、なぜかその連中のそばにいると生気を吸い取られていくような気がするものだ。そこで今回の件だが、仮に、何百年も前の力がダヴェナントの妻を通じ、なんとも謎めいた形であらわれたのだとしよう。だとしたら精神になんらかの影響が出るはずだが、ダヴェナントにはその影響が肉体的な形であらわれた。これは矛盾ではないかね？」

「なるほど、つまりきみは」ヴァンスが強い口調でいった。「この件の原因は精神的なものにすぎない、と考えているわけだね？　では、ダヴェナントの喉の傷痕をどう説明する？」

答えが見つからなかった。きみはどう思うのかとヴァンスを問いただしてみたものの、彼はまだそれ以上を口にしようとはしなかった。

スコットランドへの長旅についてはとりたてて話す必要もないだろう。わたしたちがブラックウィックの館に到着したのは翌日の午後遅くになってからだった。着いてみるとそこは想像どおりの――先ほどわたしが記したとおりの場所だった。荒れた道を車に揺られながら〈風の峡谷〉を抜けていくと、暗澹たる気分がひしひしと迫ってきた――館の冷えきった広い大広間に足を踏み入れたとき、気分はますます沈んでいた。

ダヴェナント夫人はわたしたちの来訪をすでに電報で知らされており、温かく出迎えてくれた。だがわたしたちが来た本来の目的については知らされておらず、わたしたちのことは単に夫の友人だと思っていた。夫の客ということでずいぶんと気を遣ってはくれたが、終始どこか張りつめたようすで、それがわたしの漠とした不安をさらに煽《あお》った。口にする言葉もすべてのふるまいも外からの力にことごとく操られている、というのがわたしの印象だった——むろん、いまの彼女の状況を知っているからこそいえることだった。それを除けばじつに魅力的な女性で、見た目にもしぐさにもこぼれんばかりの艶やかさがあり、ダヴェナントがここへ来るまでの間にいっていたこともうなずけた。

「おれはジェシカのために生きつづけたいのです。どうかあいつをブラックウィックから連れ出してやってください、ヴァンスさん、そうすればすべてうまくいく気がするんです。ジェシカを——もとのままのあいつを取り戻せるのなら、おれはたとえ地獄へでも行きます」

いまこうしてダヴェナント夫人を前にして、彼が〝もとのままの〟と口にした理由《わけ》がようやくわかった。彼女はじつに妖艶だが、この艶やかさはジェシカ本人からにじみ出ているものではない——なにかが違う。それはキルケ（ギリシア神話の魔女。男を豚に変えた）のごとき妖婦の、あるいは魔女の持つ妖艶さだった——そしてそれゆえに、なんとも抗いがたいものだった。

到着してすぐのことだったが、わたしたちは、彼女の内に邪悪なものが巣喰っているという確たる証拠を手に入れた。ヴァンスはひそかにあるテストを用意していた。ブラックウィックには花がまったく咲かないとダヴェナントから聞いていたのだが、それならぜひ奥方に贈りものとして花を持っていってみようではないか、とヴァンスがいいだし、汽車をおりて迎えの車を待つことになっていたちいさな町で、純白の薔薇の花束を買い求めた。

館についてほどなく、ヴァンスはこの花束をダヴェナント夫人に渡した。彼女は受け取ったが、おそるおそるというふうにわたしには見えた。彼女の手が触れるか触れないかのうちに薔薇の花ははらはらと散りはじめ、ひからびた花びらが床に降り積もった。

晩餐におりていくとき、ヴァンスがわたしにいった。「一刻も早く動かなくては。もたもたしている暇はない」

「なにを恐れている？」わたしは小声で訊いた。

「ダヴェナントはこの館を一週間留守にしていた」彼は険しい声でいった。「出かけたときよりは体力が戻っているが、これ以上血を失ったらまずい。彼を守らねば。今夜はひじょうに危険だ」

「奥方から守らなければならない、ということか？」自分で口にしておいて、その言葉の薄気味悪さにぞっとした。

「じきにわかる」ヴァンスはわたしを振り向き、真剣な口調でさらにいい添えた。「デクスター、ダヴェナント夫人は目下ふたつの状態を行き来している。まだ邪《よこしま》なるものに完全な支配を許したわけではない――ダヴェナントの言葉を憶えているかね、彼女はこの館を出ていけといったその舌も乾かぬうちに、今度は行かないでくれとせがむと。必死に足掻いてはきたが、本来の彼女はしだいに押し負かされつつある。そのうえこの一週間ひとりきりで過ごしたせいで、悪しきものが力を増している。その悪しきものこそがわたしの闘うべき相手なんだ、デクスター――これは意思と意思との闘いだ。どちらかが支配を手にするまで、この闘いは水面下で続くことになる。まあ見ていたまえ。ダヴェナント夫人に変化が見られればわたしの勝ちだ」

こうしてわたしは、わが友がいかなる方針で動くつもりなのかを知ることとなった。これはマクセイン家に呪いをかけつづけてきた妖しい力と、彼の意思とによる戦争なのだ。ダヴェナント夫人をとらえているただならぬ魔力から、なんとしても彼女を救い出さなければならない。

あらかじめ知らされていたおかげで、腰を据えて見ていることができた。晩餐の席にすわっていても、静かなる闘いがすでに始まっているのがわかった。ダヴェナント夫人はほとんどなにも飲み喰いせず、どこかそわそわしていた。すわっていても落ち着きがなく、よく喋りよく笑ったが——唇の両端はあがっていなかった。ダヴェナントがいっていたとおりだ。しかも目が合うとすぐに視線をそらした。

しばらくして客間に移動してからも、意思のぶつかり合いがひしひしと感じられた。目には見えないすさまじい力があたりに満ち、部屋の空気が電気を帯びて重さを増したように思えた。外では、風が哀しげなかん高いうなりをあげながら館のまわりを吹き荒れている——まるでマクセイン家の亡霊たちが、みずからの一族のために闘うべく集められ、不気味な軍団をなしているかのように。

しかも、わたしたち四人はこの間もずっと客間に腰をおろし、ごく普通の夕食後のお喋りを楽しんでいたのだ！　そこがまさに尋常ならざるところだった——ポール・ダヴェナントはなにひとつ疑っておらず、いっぽうなにもかも知っているわたしは役に徹しなければならなかった。それでもジェシカの顔からはなかなか目を離すことができなかった。変化はいつ訪れるのだろうか、それともじつはもう手遅れなのだろうか？

ついにダヴェナントが立ちあがり、疲れたのでもう休むといった。きみはゆっくりしていなさい、とジェシカに告げる。邪魔されずにぐっすり眠りたいから、今夜は隣の化粧室で休むよ、と。

その瞬間だった。お休みのキスをするためにふたりの唇が触れたとたん、ジェシカはわたしたちの目も気にせず、夫の身体になまめかしく両腕を這わせ、飢えた目をぎらつかせた。変化が訪れたのだ。

そのときすさまじい風が不気味なうなりをあげ、窓枠が震えた。まるで外にいた亡霊の大群が館に押し入り、わたしたちに襲いかかろうとしているかのようだった。長い、震えるようなため息がジェシカの唇から洩れ、腕が夫の両肩から落ちた。あとずさり、身体をちいさく左右に揺らしている。

「ポール」叫んだ声が、先ほどとはまるで違う。「具合の悪いあなたをよりによってこのブラックウィックに連れてくるなんて、わたしはなんてひどい女なの？　ここを出ましょう、あなた、わたしもついていくわ。一緒に行ってくれるでしょう？——明日にでも」真摯な口調だった——これまで自分の身になにが起こっていたのか、まるで気づいていないらしい。身体が激しく震えている。「どうしてこんなところに住みたいなんて思ったのかしら」彼女は繰り返した。「こんなところ、大嫌い——こんなまがまがしい——恐ろしい場所」

これを聞いてわたしは胸を躍らせた。これでヴァンスの勝利は約束されたようなものだ。だがまだ危険は去っていなかった。やがて、それを身をもって知ることとなった。

夫妻はそれぞれ自室に引き取った。ダヴェナントは多少混乱していたようだが、それでも去りぎわに、ヴァンスに向かってちらりと感謝のまなざしを向けたのをわたしは見逃さなかった。わが友人が先ほどのできごとに一枚噛んでいることに、おぼろげながらも気づいたのだろう。とりあえず話し合いは明日まで持ち越されることとなった。

「ここまでは成功だ」ふたりきりになるとヴァンスは早口にいった。「だが変化は一時的なものかもしれない。今夜は見張ることにしよう。きみは休みたまえ、デクスター、きみにしてもらうことはいまのところなにもない」

わたしはいわれたとおりにした――だが結局、わたしも夜を徹して見張りをすることになった――しかもその相手は得体の知れない危険なものだった。わたしはあてがわれた部屋に戻った。薄暗く、家具の少ない閑散とした部屋だった。しかし、眠れないだろうことは目に見えていた。そこで着替えはしないまま、開け放った窓のそばに腰をおろした。先ほどまで館の周囲を激しく駆けめぐっていた風はいくらか収まり、いまは哀しげな音をたてて松の枝間を吹き抜けている――あたかも遠い過去から響く、もの悲しい苦悶の声のように。

そうしてすわっていると、白い人影が館から離れていくのが見えた。ここからは見えない扉から出てきたらしい。両手を握りしめ、足早にテラスを抜けて、木立めざして駆けていく。ちらりと見えただけだが、間違いなくジェシカ・ダヴェナントだった。

なにか重大な危険が迫っている、と直感が告げていた。握りしめた彼女の手ににじみ出る絶望が、それを物語っていたからかもしれない。とにかくわたしはためらわなかった。窓から地面まではすこし高さがあったが、真下の塀には蔦が絡まっていてよい足がかりになりそうだった。おりるのは簡単だった。行く手を見失う前に、なんとか追いかけはじめることができた。彼女は右手、つまり山の斜面を覆っている深い木立に向かったようだ。

あのぞっとするような追跡劇は忘れたくても忘れられないだろう。枝が鬱蒼と茂っていて獣道をたどるのに精一杯だったが、こちらはすでに相手の姿を見失っていたので、道がここ以外にないのはとにかくありがたかった。交差する小径もなく、この道をそれて別の方角へ行くには周囲の枝が深すぎる。

おまけに、木立の中には不気味な物音が響きわたっていた——うめき声、むせび泣く声、いやらしい笑い声。風の音、それに夜の鳥の啼《な》く声——一度など、顔のすぐ近くで鳥が羽ばたいたような気がした。追っているのはわたしのはずなのに、じつは自分が追われているのではないか、悪霊が一丸となってわたしを追いつめようとしているのではないかという気がしてならなかった。

ふいに獣道がとぎれ、先ほども述べた薄暗い湖のほとりに出た。まさに間一髪だった。先を走っていた白い服の女が、わたしの目の前で膝まで水に浸かっていたからだ。彼女はわたしの足音に振り返ると、両腕を高く掲げてかん高い悲鳴をあげた。豊かな赤い髪が肩のあたりを覆っている。そのときわたしが見た彼女のおもざしは後悔に歪み、とても人間のものとは思えなかった。

「帰って！」彼女は叫んだ。「お願いだから死なせて！」

だが、その間にもわたしは近くまで来ていた。彼女は耳を貸さず――必死にわたしの手を振りほどこうとし――息を弾ませながら、このまま水の底に沈ませてくれと切に訴えた。

「あの人を救うためにはこれしかないの！」荒い息をつく。「ご存じなんでしょう、わたしは呪われているの。だってわたしは――わたしは――あの人の生き血を吸っていたのよ！　そう、今夜わたしは真実を知ってしまったの！　わたしはヴァンパイア。この世にいてもあの世に行っても希望なんかない。だからせめてあの人のために――そしてまだ生まれていないあの人の子どものために――死なせてちょうだい、死なせて！」

こんなにも胸の潰れる願いごとがほかにあるだろうか？　だが――ほかにどうすればよかったのだろう。わたしは暴れる彼女をなだめて落ち着かせ、なんとか水の中から連れ出した。岸にたどり着いた頃には、彼女はわたしの腕の中でぐったりと死んだように横たわっていた。わたしは苔の生えた岸辺に彼女を寝かせ、かたわらにひざまずいて顔を覗きこんだ。

どうやらわたしの判断は正しかったようだ。そこにあるのは先刻わたしが見たヴァンパイアの顔ではなく、ポール・ダヴェナントが愛したジェシカの顔だった。

のちに、エイルマー・ヴァンスがその間のことを話してくれた。

「わたしはダヴェナントが寝入るのを待ってから彼の部屋にしのびこみ、ベッドのかたわらでその姿を見守っていた。やがて彼女が姿をあらわした。かならず来る、とわたしは踏んでいた。ヴァンパイア、つまりみずからの一族を喰いものにしてきた呪われしものだ。彼女は冥界に足を踏み入れた末裔たちの魂をみずからの姿に似せてこの世に送りこみ、おのれの命をつなぐため、一族以外の者の血を調達させていたんだ。ポールの肉体もジェシカの魂も——どちらもたがいになくてはならないものだ。デクスター、これはそのふたつを取り戻すための闘いだったんだ」

「そうか」わたしはおそるおそる口にした。「魔女ザイーダか！」

「そのとおりだ」彼はうなずいた。「マクセイン家を暗い影のごとく覆いつづけてきた邪悪な霊だ。だがもうこの世には永遠に戻ってこられまい」

「どういうことだ」

「これまでもそうだったのだろうが、ザイーダは昨夜もジェシカに取り憑いてダヴェナントのもとを訪れた。知ってのとおり、ジェシカとザイーダはほんとうにうりふたつだった。ダヴェナントは腕をひろげて迎えたが、彼女が獲物を手に入れることはなかった。わたしが前もって対策を講じておいたからだ。わたしはヴァンパイアの邪な力を奪う例のものを、眠っている彼の胸にこっそりさげておいた。ほんの一分前までジェシカの瞳で彼を見つめ、ジェシカの声で彼に呼びかけていたあの女は——つまり亡霊は——泣き叫びながら部屋を飛び出していった。あの女がジェシカの赤い唇で彼の唇に触れようとしたまさにそのとき、目を開けた彼の前にいたのは——時代とともに邪悪さを増した忌まわしき幽霊だったんだ。そういうわけで呪いはすべて解けた、そしてあの女の霊はもと来た場所へ戻っていった」

彼はふと黙りこんだ。「それで？」わたしは訊ねた。

「いまごろ、ブラックウィックの館は跡形もなく崩れ落ちているだろう」彼は答えた。「それしか考えられない。石という石、煉瓦という煉瓦が粉々になり、炎によって燃え尽きているにちがいない。すべての悪の元凶はあの館にあったのだから。ダヴェナントも承知の上だ」

「それで、ダヴェナント夫人は？」

「おそらく」ヴァンスは慎重に言葉を選んだ。「これからはよい方向に向かうだろう。館の倒壊とともに呪いも消えたはずだ。ジェシカは――きみのおかげで――命を長らえた。彼女は自分で思っていたほど悪さをしていたわけではない――相手を傷つけたというよりも、むしろ傷ついたのは彼女のほうだろう。だが考えてもみたまえ、自分の担わされていた役割に気づいたときの、あるいはたとえ子どもが生まれても、その子は避けられない運命を背負っているのだと知ったときの、彼女の絶望がどれほどのものだったか！」

「まったくだ」わたしは震える声でつぶやいた。そしてさらに小声で続けた。「神よ、感謝いたします！」と。

ブラックストックのいたずら小僧

The Boy of Blackstock

興味深イ事件アリ　支障ナクバ明日　エセックス　ヘッドストーン　ニ　来ラレタシ

こんな文面の電報が（たまたま滞在していたフランスのちいさなリゾート地に）届いた。差出人はエイルマー・ヴァンス。てっきり彼はシリアのどこかで、古い廃墟の調査にいそしんでいるものと思っていたのだが。

季節は秋だった。ヨーロッパ大陸でのんびりするのにもそろそろ飽きていたので、待ってましたという気分だった。国際電報を打ってすぐに向かうと返事をし、ディエップで夜航船を捕まえて、ロンドンに一、二時間寄ったのち、ヘッドストーン・グレンジ、つまりエセックス州にあるわが友人宅に昼食どきまでにたどり着いた。

しばらく〝事件〟の話はひとことも出ず、わたしたちは昼食をさっさと片づけて、だらだらと食後のデザートをつついていた。なにしろヴァンスは昼だろうと夜だろうと、たいてい果物と野菜しか食べないのだ。

「とりあえずシリアはあとまわしだ」しばらくして彼が口をひらいた。「あちらに行くつもりでここへッドストーンに荷物を取りに来たんだが、ある紳士が訪ねてきてね――とにかく、じつに興味深い事件のようだから、きみに電報を送ったというわけさ」

そうしてくれたことが嬉しくてしつこく礼をいっていると、彼はそれをさえぎってわたしに問いかけた。「〝ポルターガイスト〟という言葉の意味を知っているかね、デクスター？」

聞きおぼえはある。「確かドイツ語で〝いたずら好きな幽霊〟のような意味じゃなかったか？」わたしは答えた。「家具を動かしたり、呼び出しベルを鳴らしたり、陶器を割ったりする、はた迷惑な精霊のことだろう？　今回の相手はそういうたぐいのものなのか？」

エイルマーは笑みを浮かべた。「たぶん」例によって慎重なものいいだ。「だが今回の〝ポルターガイスト現象〟――と呼んでいいのかどうかわからないが――には少々こみいった事情があってね。ブラックストック、かつては小修道院のあったあたりだが――そこが明日わたしたちの向かう場所だ――そこには、かなり昔から地縛霊が――〈ブラックストックのいたずら小僧〉と呼ばれる地縛霊が――いるといわれてきた。きみも聞いたことくらいはあるだろう、有名ないい伝えだからね。土地は代々リストーン家が治めてきた。いまも持ち主はリストーン家だが、領地争いが激しくおこなわれていた時期もあった」

「聞いたことはあるな」わたしはここで口を挟んだ。「だが確認のためにも、一応話しておいてくれないか」

「いい伝えはスチュアート王朝時代にさかのぼる」ヴァンスは話しはじめた。「そう、屋敷にまつわる悲劇が起こったんだ。当時のリストーン卿にはそれは美しい奥方がいて、卿にとってはまさに自慢の種だった。だが、同時に激しい嫉妬の念にかられてもいた――無理もない、なにせ奥方はその美貌もさることながら、なかなかに尻軽な女だったからだ。そういうわけで、ある日ついに、卿は妻がハンサムな若い男とよろしくやっている現場に出くわしてしまった。間男の名はグレゴリー・レイドロウ、ブラックストックをめぐってまさにリストーン卿と土地争いをしていた男の息子だった。さて、嫉妬の炎に身を焦がした夫は逆上し、妻と間男をその場で殺してしまった――ブラックストック屋敷の、奥方が当時寝室として使っていた部屋で、ふたりはリストーン卿の手で惨殺されてしまったのさ。のちに卿はみずから罪を告白したが、結局は無罪放免になった――というか、罰らしい罰もたいして与えられなかった。

だが自分が殺したグレゴリー・レイドロウからはそう簡単に逃れられなかった。卿はその後もブラックストック屋敷に住んでいたが、日々は最悪だった。ところでブラックストック屋敷はエセックス州にあって、じつはここからもさほど遠くない。さて〈ブラックストックのいたずら小僧〉はさっそく悪ふざけを始めた。いたずら小僧、というのはグレゴリー・レイドロウを、さらにグレゴリー・レイドロウの亡霊をさしているのだろうが、それというのもやつが子どもじみた悪さばかりしていたかららしい――いい伝えによれば、殺されたときにはすでに二十三、四歳にはなっていたそうだからね。なんにせよ、リストーン卿にとっては心安まらぬ日々が続いた。亡霊はけっして姿を見せず、ふさわしくない場でじつにばかげたいたずらを山と仕掛けた――ドアを乱暴に開ける、廊下で泣き声や笑い声をあげる、呼び出しベルを鳴らす、行き交う人々にねっとりとした冷たい手で触れては、心臓が飛び出るほど驚かせる、とまったくひどいものだった。

さて、これが何か月も続いたのち、リストーン卿はついに敵の姿を目の当たりにした。その日、卿はなぜか――その理由がなんなのか、知るのは神のみだが――かつて悲劇が繰りひろげられたあの部屋に引き寄せられた――行かねばならない、と突如として思ったそうだ――すると殺したはずのふたりがそこにいた。グレゴリーが胸に片手を当て、唇にあざ笑うような笑みを浮かべて、卿に向かって三度会釈をした。その数日後、リストーン卿は亡くなった。

グレゴリー坊やはその後、卿の子孫たちがその部屋に――彼が殺された部屋に――入らないかぎり、それ以上悪さはしなかった。だがその部屋を寝室としてあてがわれた者は生きた心地がしなかった――シーツや毛布を引きはがされるわ、あれこれとちょっかいを出されるわ――だが〈いたずら小僧〉の姿をその目で見た者はひとりもいなかった。いっぽうで、代々のリストーン卿の前にはかならず一度だけ姿をあらわした――しかもそれは死の知らせだった。

ついにリストーン家の人々は亡霊に祟られつづけるのに嫌気がさして、九十九年間の期限つきで、ブラックストック屋敷を当時のレイドロウ家当主に貸し出すことにした――といっても、じつはこれでもとに戻ったんだ。というのも、そもそもこの土地の持ち主はレイドロウ家だったのに、いつの間にか強引に立ち退かされたようなものだったからだ。リストーン家と違い、レイドロウ家はエセックスの人間だったので、地元では常に慕われていた。レイドロウ氏は権利を手に入れるとすぐに幽霊部屋を封印し、その日から〈いたずら小僧〉の噂はぱったりと聞かれなくなった」

エイルマー・ヴァンスは黙りこみ、先ほど持ってきた林檎の皮を丁寧に剝《む》きはじめた。林檎をたいらげると彼はふたたび話しだした。「レイドロウ家に対する賃貸契約はすでに期限が切れているうえ、気難しくて頑固だというリストーン家の現当主は更新を渋っているそうだ。しかもすでに、この当主はブラックストックに行ってそこに住んでいる」

「で、〈いたずら小僧〉がふたたびあらわれたというわけか」わたしは思いきって推測を口にしてみた。「そしてご当主に不愉快な思いをさせている」

「そういうことだ」エイルマーはいつもの緩い笑みを浮かべた。「ところがリストーン卿は、この古いいい伝えに真実が含まれているとはまったく認めず、なにものかが自分に対する陰謀を企んでいるのだといって譲らない。すべてのできごとの裏に、前の所有者の思惑がはたらいているのではないかと考えている――なにしろレイドロウ家はブラックストックを取り戻したがっているうえ、近隣の連中もできれば彼らに戻ってきてほしいと思っているからね。ところが信じないといいながら、卿はわたしを訪ねてきた。内心では不安を感じているくせに、絶対にそれを認めようとはしないがね」

「あるいは」わたしはわざといってみた。「ほかになんらかの原因があるんじゃないか。こういう事件はたいてい人が絡んでいるものだ――ヒステリーを起こした人間の妄言ということもある。〝ポルターガイスト〟は人間という霊媒を通して起こるものではなかったか？　そういった例をきみがいくつか話してくれたじゃないか。たとえばホールトン荘園の事件。リストーン卿には家族は？」

ヴァンスは満足げにうなずいた。彼の手がける事件についてわたしがいいところを突くと、いつも嬉しそうな顔をする。

「これ以上のことはまだ、わたしにもあまりわかっていない」彼は答えた。「リストーン卿は口数の多いほうではないのでね。ブラックストックに居を移してひと月ほどになるらしいが、彼自身のほかには妻と息子がふたり、それに家庭教師《チューター》がいるだけのようだ。息子たちは前妻の子だ。再婚したのはほんの二年前。いまの奥方は卿よりもかなり若い。父親は牧師だそうだ。ひじょうに貧しかったが、いまはブラックストックの教区牧師を務めているという。ここまではすべて噂話――近所連中のたわいない話――から仕入れた情報だ。地元の会合でその教区牧師――名はゲイナー、アリソン・ゲイナー牧師という――にも会ってみた。誰に訊いても、向上心のある素晴らしい人だ、という答えが返ってくる。むろん、いまの暮らしを手に入れたのは義理の息子のおかげだ。だが彼のことはひとまず置いておこう。ブラックストックで起こっている現象が人間のしわざなのか、はたまた人間ならざるもののしわざなのか、それを解明するのがいまのわれわれの務めだ――さっそく明日から取りかかろう。友人をひとり連れていくといってあるから、当然きみも行くんだよ」

そういうわけで、翌日わたしたちはブラックストック屋敷に車を走らせた。屋敷は州の北東部の、海からさほど遠くない、もの寂しい人里離れた場所にあった。

午後に到着すると、屋敷の住人が勢ぞろいし、さらに客人をひとりふたり交えて、庭の巨大なオークの木の下でお茶の時間を楽しんでいた。大木はかなり樹齢を重ねているが、しっかりと葉が生い茂っている。

リストーン卿が立ってわたしたちを出迎え、あらためて挨拶をした。

外見からはあまりよい印象を受けなかった。ヴァンスが彼のことを、つむじの曲がった頑固な男といっていたのもすぐにうなずけた。角張った顎、形の悪い口、話すたびにそれを気難しそうにひん曲げる癖。ささいなことで腹を立て、すぐに不愉快な言葉を投げつけてきそうだ。髪は黒々として、濃く太い眉が眉間のあたりでほぼつながっている。五十代というところか。

大きな、耳障りな声だった。

「お目にかかれてなによりだ、デクスターさん」彼はいった。「ヴァンスさんともども精を出して、いまこの家の中でわたしの身に起こっているいまいましい状態をさっさと終わらせてくれたまえ。むろんわたしはこれが幽霊のしわざだなどとは露ほども思っていない。そもそも〈いたずら小僧〉のいい伝えなどばかげた迷信にすぎん。いいかね、わたしは幽霊なんぞ信じちゃいない、わたしが疑っているのは使用人どもだ。このあたりにはわたしに恨みを抱いている連中や、隙あらばわたしをここから追い出そうとしている連中がごまんといる。わたしを怖がらせて追い払おうという魂胆だろうが、そうはいかない。わたしは、こうと決めたらそう簡単には諦めない性格なのでね」

ここでいい争うわけにもいかないので、とりあえず当たりさわりのない返事をしてから、残りの人々に挨拶をした。

当然のことながら、そのときわたしの興味は女主人に向いていた。

レディ・リストーンはとても可憐な女性で、たとえていうなら繊細なマイセン磁器のようだった。歳は二十をすこし超えたくらい、ちいさくて愛らしい手足をしている。愛を語り笑い声を振りまくためにつくりあげられたような瞳と唇、両頬には愛らしいえくぼ。だが近づいてみると、残念なことにこうした魅力はいずれもみな霞んでしまった。引き締まったちいさな顔には、よく見るとじつはやつれた不機嫌そうな表情が浮かんでいたのだ。

偶然居合わせただけのわたしの目にさえ、彼女が幸せでないことは明らかだった。

いったいどういういきさつでリストーン卿と結婚するに至ったのだろうか？　夫人を見てまずそう思った。そういえば、貧しい牧師の娘だったといっていた。おそらく家のため、というのがおもな理由だったのだろう。

なんと気の毒な。それほどの大きな犠牲を払わねばならなかったとは。

ふたりの息子はそれぞれ十四歳と十二歳で、ジェームズ・フェルトンという家庭教師が付き添っていた。息子たちはふたりとも黒髪でえらが張っていて、学校に行ったことがなく、行儀の悪いことといったらなかった。

家庭教師もひと目で気に入らないと思った。この男もやはりブラックストックの暗い空気にすっかり染まっているようだ。ハンサムな若者だが、口をへの字に曲げ、不満げなまなざしをしていて、どうしても狡猾で信用ならない人物に見えてしまう。

そのほかには、リストーン夫人の父親である教区牧師がいた。ヴァンスとの再会を喜んでいるようだ。知性にあふれた端整な顔だちの美男だが、やはりほかの人々と同様どこか憂い顔で、不安げに娘のほうをちらちらと見てばかりいる。彼の隣には客人らしき夫婦がいた。さえない夫にもっとさえない妻という取り合わせのふたりは、わたしたちとほぼ入れ替わりに帰っていった。

このふたりが暇《いとま》を告げたあと、話題は例の亡霊騒ぎの件に移り、リストーン卿が〈いたずら小僧〉のいい伝えを語りはじめたが、わたしにとってはどれもすでに聞いた話ばかりだった。

「この百年、この屋敷には亡霊の気配すらなかった」彼はいった。「記録をひもといたところ、この〈小僧〉とやらについての記述は、十九世紀頃、わたしの曾祖父が亡くなる直前に目の前にあらわれた、というものが最後のようだ。むろんこの屋敷がレイドロウ家に貸し出される前のことだ。なんでも迷信によれば、この〈小僧〉とやらは、わがリストーン家の者が息を引き取る直前にだけ姿をあらわし——それ以外はけっして姿を見せないそうだ。情婦とともに殺された部屋に足を踏み入れる者がなければ、悪さをすることもないらしい。これがわが一族に伝わる話だ」

「で、あなたはその部屋を開け放ったのですね?」デッキチェアで悠々とくつろいでいたヴァンスが、彼に訊ねた。

「そうだ。いけないかね?」リストーン卿はとげとげしい口調で答えた。「あの部屋は見栄えもいいし、開かずの間にしておくにはもったいない場所にある。年寄りの与太話を真に受けて、あの部屋を永遠に開かずの間にしておくなど、じつにばかげたことだ。いま、寝室としてととのえさせている。いずれわたしの寝室にするつもりだ」

と、彼はふてぶてしくいいきった。

「見あげた決心ですな」ヴァンスは穏やかに答えた。「ですが心の平安をお望みなら、もう一度その部屋を閉じてみてはいかがでしょう——ものは試しで」

「断る」即座にぶっきらぼうな答えが返ってきた。「申しあげたはずだ、この件に超常現象が関わっているなどとは、わたしはいっさい信じていないと。なにもかもみな、わたしをここから追い出そうとしている連中の口から出たでまかせだ。ただしヴァンスさん、わたしが間違っているとあなたに証明できるのなら、部屋は封印してもいい——どうです」

ふたりの会話が交わされている間、わたしは蚊帳の外だったのでかわりにほかの人々の表情を眺めていたのだが、どうも家庭教師のフェルトン氏が、黒い瞳でじっとリストーン夫人の顔を見つめ、夫人のほうもそれに気づいて居心地が悪そうにしているような気がしてならなかった。しかもフェルトンは目に憎々しげな光を——脅すような、といってもいいほどの光を——浮かべ、その視線で夫人を貫こうとしているかに見えた。

しかし次の瞬間、家庭教師はわたしに見られているのに気づいて生徒たちに目を戻し、笑いながらなにか話しかけた。

ふたりの息子はどうやらなにを見ても可笑しい年頃のようで、ふたりしてずっとクスクス笑っていたが、やはり父親には頭があがらないらしい。

ふたりとも、まるで躾《しつけ》のなっていない悪たれどもだった。ひょっとすると亡霊騒ぎにはこの子たちが関わっているのではないだろうか——ほんとうに人間のしわざならば、だが。

ともかく、今後もこのふたりは要注意だ。

「ひとつお伺いしたいのだが」屋敷の主人に向かってヴァンスが訊ねた。「越してきてすぐに、亡霊部屋の封印を解かれたのですか?」

リストーン卿はかぶりを振った。

「いいや。二週間経ってからだ」

「その二週間になにか変わったことは?」

卿はしぶしぶという感じで口をひらいたが、答えは否だった。屋敷の主はさらに続けた。

「だがそのあとのことだ。まわりの者どもがわたしを疎《うと》みはじめた。前の住人に仕えていた使用人や番人をそのまま雇ってやったんだが、これがまた怠け者揃いだったものだから、本人たちにもはっきりとそういってやった――なにしろレイドロウ家の連中は、使用人に甘いことで有名な間抜けどもだからな――すると新しい規則が気に入らなかったらしい。一斉に暇《いとま》を申し出てきた。それからだ、おかしなことが起こりはじめたのは」

「なるほど」

エイルマーは椅子に背を預けて考えにふけりはじめると、しばらくの間会話に加わろうとしなかった。

息子たちのひとり――兄のほう――が、今朝使用人から聞いた話を披露していた。昨夜遅く、その使用人がたまたま亡霊部屋の前を通ったところ、中から奇妙な音が聞こえてきた。彼は肝がすわっているほうだったので、そっとドアを開けてみたそうだ。

室内は完全な暗闇というわけではなかった。月が明るいうえ、内装もまだ中途半端で、窓にはカーテンもなかったからだ。その月明かりの中に、立ったまま抱き合うふたつの人影が浮かんでいた。

だがはっきりとしたことはわからなかった。さらにドアを引き開けようとしたところ、向こう側から強く引かれ、バタンと閉まってしまったのだ。

聞き終えて、リストーン卿が眉間に深く皺を寄せた。いい伝えなど信じないと胸を張っていたくせに、じっさいに〈小僧〉が――代々のリストーン卿に凶兆をもたらすといわれる亡霊が――姿をあらわしたと聞いたとたん、明らかに不安げな表情になった。

「そのばかげた話をいったい誰に聞かされた、ポール?」彼は低い声で訊いた。

「ローマックスだよ、従僕の」少年は即座に答えた。

「なるほど、ではローマックスを呼んでこい、わたしから急ぎの話があると。せっかくだ、あなたにも話を聞いていただこうじゃないか、ヴァンスさん」

リストーン卿にそう声をかけられると、わが友人は黙ってうなずいた。

ポールは張り切って駆けていき、数分後に従僕を連れて戻ってきた。従僕はわたしたちの前で、細かい部分をいくつか補足しながら、先ほどのポールの話をほぼそのままに繰り返した。

部屋の中から声がしたような気がした、と彼はいった。低いささやき声が聞こえたので、妙だな、と思ったのだという。あの部屋はまだ誰にも使われていないうえ、しかもよりによって、あんな夜中にあの部屋を訪れようなどという者がいるはずはないからだ。

話しぶりは真剣で、嘘をついているようにはまったく見えなかった。話し上手で頼もしげな青年に見えた。だから、最後まで結局口を挟めなかったリストーン卿が、話が終わったとたんに癇癪を起こして彼を怒鳴りつけ、臆病者だの愚か者だのと罵ったときには、心から彼に同情した。

「目の前でドアが閉まったというなら、なぜもう一度開けてみなかった?」怒れる伯爵は怒鳴り散らした。「おおよそ、おじけづいたのだろう?」

「やってみました」若者は顔じゅうを真っ赤にして、答えた。「でも開きませんでした。鍵がかかっていたんです」

「ほら見ろ、これでおまえが嘘をついているのがはっきりした」卿がいい放った。「あの部屋には鍵などついていないからだ」彼はヴァンスとわたしを振り向いた。「あの部屋の入口は壁で覆われていた。壁を壊させたところ、中から鍵のないドアがあらわれた。まだ新しい鍵は取りつけていない。それでどうやって鍵をかけるというのだ？　まさしくこいつは嘘つきだ」

　さんざん嘘つき呼ばわりされた従僕は、その場で卿に暇を告げた。当然だ――わたしが内心、従僕のほうに肩入れしていたことはいうまでもないだろう。

　するとリストーン卿は激怒して、妻と子どもたちの前であるにもかかわらず、それは乱暴な罵りの言葉を口にした。

「陰謀だ」大声をあげる。「どいつもこいつもぐるなのだ。だがいまに見ておれ」

　しばらくしてみな屋敷に戻り、ヴァンスとわたしも晩餐の時間まで自由の身となった。

　ようやくふたりきりになれたので、わたしは彼に、家庭教師が奇妙な表情を浮かべていたこと、そしてリストーン夫人に意味ありげな視線を向けていたことを手短に話した。

「どうもあの男は気に入らない」わたしはいった。「わたしの思いこみかもしれないがね。きみの意見は？」

「意見を述べるにはまだ時期尚早だな」というのが答えだった。かすかに笑みを浮かべている。

「そろそろ憶えてもいい頃じゃないか、デクスター」彼はいった。「わたしはけっして結論を急がない、ということを」

その日の晩餐の席で、わたしたちは新たにもうひとりの人物を紹介された——若き伯爵夫人の話し相手としてこの屋敷に住んでいるという、メリッシュ夫人だ。飾り気のない年配の女性で、彼女が加わっても晩餐の席はちっとも明るい雰囲気にはならなかった。

しかもこの晩餐の席で、ついにわたしたちは、まさしくいまこの屋敷でさんざんおこなわれている質《たち》の悪いいたずらを、じっさいに目の当たりにすることとなったのだ。

広間で突然すさまじい音が響きわたり、わたしたちが慌てて戸口へ駆けていくと、盆に載せて食堂へ運ぶ途中だった料理の皿が粉々に割れて散乱しており、その真ん中で、執事が呆然と立ち尽くしていた。

執事は蒼白になって震えており、片手をすこし切っていた。

リストーン卿の頬がみるみる赤くなり、怒号が響きわたった。なんというぶざまなありさまだ、盆を取り落とすなどいったいなにごとだ、と彼は怒鳴り散らした。

執事は屈みこむと、床に散らばった陶磁器の破片の中からなにかを拾いあげた。

「これのせいでございます、旦那さま」執事はおそるおそる口をひらき、ずっしりと重そうな火打ち石をわたしたちに見せた。「これが頭上から盆の真ん中めがけて落ちてきたのです。落とすなとおっしゃるほうがよほど無理な話でございます」

広間はひろびろとした四角い部屋で、張り出し廊下が三方をぐるりと囲んでいた。この歩廊に身をひそませ、通りがかった執事めがけて石を落とすのはたやすいだろう。だがこれだけは確かだ。もしこの屋敷の住人が一連のいたずらに関わっているならば、誰かほかに共犯者がいなくてはならない。

というのもこのとき、この屋敷の住人は、ふたりの息子たちを含め全員が晩餐のテーブルについていたからだ。

少年たちが階段を駆けのぼった。それからしばらくの間、兄弟がやかましく歩廊を走りまわり、ドアというドアを開けて亡霊を探しまわる足音と、彼らの父親の怒鳴り散らす声が響きわたっていた。ふたりは結局なにも見つけられぬまま、ああ面白かったとばかりに、はしゃぎながら戻ってきた。

あとからわかったことだが、このふたりはこの手のいたずらを目撃するたび、まったくこれと同じことを繰り返していたそうだ。

執事はまだ身体を震わせていた。むろん恐怖のせいもあったが、みずからの言葉に対する主人の理不尽なものいいに、さすがに堪忍袋の緒が切れたようだった。

「もう耐えられません」彼は血のにじんだ手の切り傷を押さえながらつぶやいた。いまにも失神しそうに見える。「申しわけございませんが、旦那さま、わたくしはお暇《いとま》を申しあげとうございます——お許しいただけるならば明日にでも」

「ああそうか、好きにするがいい、能なしめ」主人はとどろくような声で怒鳴りつけた。そのあとわたしたちはぞろぞろと食堂へ戻り、中断した食事を続けた。

それからしばらくはなにも起こらなかったが、一時間ほどのちのことだった。寝室に追いやられたふたりの子どもたちを除き、全員が客間に集まっていた。

客間のドアがいきなりバタンと開いた。またしてもポルターガイスト現象が——といってよいのかわからないが——起こっているらしい。蝶番《ちょうつがい》が外れるのではないかと思うほど勢いよくドアが開いたかと思うと、クスクスと笑う声がわたしの耳にはっきりと聞こえた。

だが広間にふたたび飛び出してみても、人の気配はまったくなかった。

ところがその直後のことだ。わたしたちがまだ顔を見合わせたまま広間に立ち尽くしているうちに、今度は使用人部屋の方角から、呼び出しベルの音が次々と鳴りはじめた。

気の毒なリストーン夫人はもう半泣きだった——彼女はすっかり怯えていた。

「ああ、ケルシー」すがるようにいう。「いつまでこんなことが続くのです？　どうか、もう亡霊部屋は封印なさって。でなければ、いっそこんなお屋敷に住むのはもうやめにしましょう」

「ほかへ連れていけというのか」リストーン卿の口調が、とりわけ厳しく聞こえた。「とはいえロンドンはもうしばらくうんざりだ。おまえだってそうだろう。それに、いまさらあの部屋を封印するなど負けを認めるようなものだ。いまに見ていろ、このいまいましい陰謀の尻尾をつかんでやる」

そういって妻を睨みつけた顔にはどこか凄味があり、夫人はすっかり縮みあがってしまったと見えた——唇が震え、全身がわなないている。見ていてさらに彼女が気の毒になり、血も涙もないこの夫にひどく腹が立った。そのうえますますわからないのは、例の家庭教師のふるまいだった。彼はこの光景を見守りながら、またしてもあの奇妙な鋭い目つきを浮かべていた。なにやら得体の知れぬ、勝ち誇った表情——というのが一番近いだろうか。

その夜はそれ以上なにごとも起こらなかった。翌日、ヴァンスとわたしは屋敷を徹底的に調べてまわることにした。ここに記すのは初めてのはずだが、屋敷は壁の分厚い背の低い建物で、どこか不自然な形をしていた。

隠し部屋や隠し廊下があるにちがいないと踏んでいたところ、リストーン卿がじっさいにその場所をいくつか教えてくれた。だがそのほとんどは塞がれていて、隠れ場所としてもちいるのは不可能だった。

亡霊部屋も訪れてみた。

そこは二階にある、ひろびろとした天井の低い部屋だった。殺されたレディ・リストーンの私室だったこの部屋は、その後寝室として使われていたものの、亡霊が出るとわかって家具が取り除かれた。いまは時代遅れの椅子がいくつかとソファがひとつ置いてあるだけだ。天井には色とりどりの模様が描かれ、壁には色褪せたタペストリーがかかっている。カーテンで仕切られた場所がひとつふたつあり、そのせいで余計に不気味さが増していた。

「リストーン卿、お許しいただければ」ヴァンスがいった。「この部屋でひと晩過ごしたいのですが。いやいや寝床のご心配は無用。椅子で充分です」

かまわないとのことだったので、わたしは当然のごとく、では交替で見張りをしよう、とヴァンスに申し出た。だがなんと断られてしまい、ばつの悪い思いをすることになった。

すると彼は気遣うようにわたしの肩に手を載せた。

「腹を立てないでくれ、デクスター」彼はいった。「理由《わけ》があってね。大丈夫、これが一番いい方法のはずなんだ」

その理由とやらについて教えてくれる気はなさそうだが、彼とのつき合いもだいぶ長くなり、議論しても始まらないことがわかっていたので、わたしはしかたなく折れた。

そこで、わたしなりに〝亡霊〟とやらを捕らえる算段をあれこれと練ってみた。ただし、相手が人間だと仮定してのことだが――たとえば呼び出しベルに糸を張りめぐらせておくとか――だがヴァンスはそのいずれにも興味を示さなかった。

「とにかく明日まで待ちたまえ」彼はいった。「明日になれば、なんらかの手が見えてくるはずだ」

結局どういう心づもりなのかを探り出すことはできなかったが、わが友人がすでになにかをつかんでいるらしきことだけはわかった。

その日の晩餐の席では、ふたたび不愉快な光景を目にすることとなった――だがそれは亡霊のしわざではなかった。

リストーン卿は端《はた》から見てもわかるほど苛立っていた。食事に口をつける間もなく、彼は妻を責めはじめた。

「今日の午後、おまえの父親がわたしを内密に訪ねてきた。なぜだかわかるかね、エルサ？」

言葉そのものよりも、声の調子に怒りがにじみ出ている。

夫人が顔をあげた――はっとした表情を浮かべている。

「いいえ、ケルシー。お父さまがいったい、なんのご用で？」

「いまの暮らしを返上したいといってきた――あれほど欲しがったからこそ与えてやった地位

だというのに。もうわたしの助けはいらないそうだ。ずいぶんと出世したものだな。なんでもロンドンの教会からお声がかかっているそうじゃないか。末は主教か？　おまけに礼のひとつもないときた。惨めな一文なしの牧師だったあいつを拾ってやったのは、おまえという娘がいたからにすぎんのに！　わたしから吸いあげられるだけ吸いあげておいて、用が終わればお払い箱か」

それ以外にもあれこれとこぼしていたが、ありがたいことにこちらまではよく聞こえなかった。ところがリストーン夫人を見やると、なんとも不思議なことに、嬉しそうに目を輝かせていた――人前で嫌味をいわれて身を縮こまらせているにもかかわらず、瞳にあふれる喜びを隠しきれずにいる。

夫人はいっさい口答えせず、これ以上夫の逆鱗に触れないよう慎重に言葉を選びながら、急いで話題を差しさわりのないものに変えた。だが彼女が頬を上気させ、期待に満ちた表情をしていることに、わたしだけでなくヴァンスも気づいたようだった。

その晩はさほど亡霊に悩まされることもなく、わたしたちは午後十時にそれぞれの寝室へ引き取った。ヴァンスは亡霊部屋に向かい、朝までその姿を見ることはなかった。

彼は朝早く――まだわたしが寝ているところに――あらわれて、わたしのベッドの端に腰をおろした。

「デクスター」深刻な声だった。「この事件からは手を引こう。われわれの手に負えるものじゃない。いっそ今日にもここを出たいくらいだが、あいにく、今夜の晩餐にここへ来る人物と会ってほしいといわれている。だが明日には――」

わたしは面喰らい、ベッドの中で思わず姿勢を正した。

「ヴァンス」わたしは声をあげた。「謎が解けたのか？」

彼は首を傾けた。表情がいつもよりも硬い。

「解けたとも」彼はいった。

「聞かせてくれ」

「話はヘッドストーンに戻ってからだ――いまはできない。もうひとつだけしておくことがある――不愉快きわまりない仕事がね。だがこれだけは頼んでおく――ブラックストック屋敷を出るまでは、どうかあれこれ詮索しないでくれ」

そのとおりにすると約束した。とはいいながらも複雑な気分は否めなかった。ところが、やはりそうした運命のもとにあるのか、その日はなにごともなく終わりはしなかった。わたしはある新たな真実を知ってしまったのだ。

午後のことだった。

ヴァンスが行き先を知らせずにどこかへ出かけてしまったので、わたしは本を片手に庭でくつろいでいた。暑い日だった。わたしは居心地のいい物陰を見つけてそこに収まっていた。木々に囲まれ、すぐそばに草むらがある。大理石の腰掛けは――おそらく古いイタリアの城あたりから戦利品として運ばれてきたものだろう。

いつの間にか眠ってしまったようだった。はっと気づくと、草むらのほうから話し声がしていた――向こうからは、わたしの姿はまったく見えていないようだ。

女の声だった――リストーン夫人だ。

「あなたは汚い悪党よ」――そのように聞こえた――「わたしを強請《ゆす》ろうだなんて、ひどい人！　でも、あなたにそんな度胸があるかしら」

「ほんとうにそうお思いですか？」

猫撫で声の主は、家庭教師のフェルトンだった。

「わたしを傷つけようものなら、夫はあなたをただじゃおかないわ」

「確かに」男は耳障りな笑い声をたてた。「ですが奥さま、わたしは申しあげた額を減らすつもりは毛頭ありません。千ポンド――存じあげておりますよ、そのくらいの蓄えがおありなのは――いずれ来るときに備えて――宝石を質に入れましたね。金さえいただければあなたに手出しはしない。さあ、往生際の悪いことをおっしゃらずに」いい聞かせるような口調だ。「わたしだってあなたに危害を加えたくはない。ですがもう――限界なのです。あなただけじゃない、わたしだってこのいまいましい屋敷から、そして無理やり押しつけられた、あの無作法なふたりの子どもたちから解放されたいんですよ。わたしにできるのはもう、こうしてあなたを脅すことくらいだ――弱味を握ったからにはね。よくお考えください、奥さま」――彼はふたたび笑い声をあげた――「旦那さまはあなたの不義にうすうす気づきはじめ、間男から引き離そうとロンドンを離れた。ところがこの愛人こそ〈ブラックストックのいたずら小僧〉の正体だったのだ、などという醜聞が知れわたれば、いったいどんなことになりますかね？　例の亡霊部屋とやらにつながる隠し通路を使えば、間男は時を選ばずに屋敷に出入りできるということを――わたしだけでなく

――旦那さまもご存じだとしたら？　亡霊部屋が閉ざされていた間は、誰にも知られることなくあの部屋を使うことができたから、あなたも、そして旦那さまも安心していられた。ところがあの部屋の封印が解かれ、あなたがたの逢い引きの場所はさらされてしまった。そこであなたは古い迷信を持ち出し、あの部屋をふたたび開かずの間にさせようと――あわよくばこの屋敷を引き払わせようとなさった。これらがみな明るみに出たら、いったいどうなると思います？」

こんな冷酷な脅しを耳にしてしまったわたしの恐怖たるや、想像に難くないだろう。認めたくはないが、これは盗み聞きだ。だがそもそもあの場に出ていくことなど不可能だった――そんなことをすればますます厄介なことになる――かといって、気づかれずに立ち去るのも無理だった。

つまりこれがいままでの謎の、お粗末な真相だったというわけだ――ヴァンスが話したがらなかったのはこのことか！

なるほど、それで口を濁していたわけだな？

すぐにでも物陰から飛び出して、卑劣な強請《ゆす》り屋をとっ捕まえてやりたい衝動にかられた――やつの要求を、まるっきり別のもので満たしてやりたくてたまらなかった――だが必死に耐えた。

ひとつだけ、この不愉快きわまりないやりとりについて記しておかねばならない。気の毒な伯爵夫人に対し、二十四時間だけ待ってやる、とフェルトンは告げた。明日までに件の金を渡さなければリストーン卿になにもかもぶちまける、と。

わたしはもどかしい思いでヴァンスの帰りを待ち、午後遅くにようやく顔を合わせると、すべてを話して聞かせた。

彼がみるみる深刻な顔になる。リストーン夫人が脅迫されているとは知らなかったようだ。

「猶予は二十四時間か」ヴァンスはつぶやいた。「まずいぞ、デクスター、ゆゆしき事態だ。おそらくわたしの予想どおりのことが起こる。夫人とその愛人は――じつに残念なことながら、彼の存在は動かしがたい事実だからな――ただちに――明日という計画を繰りあげて、おそらく今夜――行動を起こすはずだ」

と、眉間に皺を寄せて考えこんでいる。わたしがきょとんとしていると、やがて彼は事のしだいを聞かせてくれた。

ヴァンスは昨夜自分が見聞きしたことについて語りはじめた。

「わたしはある疑念を抱いていた」彼はいった。「到着した日、庭でゲイナーと話をしたんだが、そのとき牧師がわたしに打ち明けてきた。じつは娘は幸せではないのだ、と――まるで囚人で――屋敷にいるとき以外も、例の陰気なメリッシュ夫人に常に見張られているそうだ。だがほんとうは明るい娘で、かつては好いてくれた相手もいた――フランク・プレスコットという男だ。ところがふたりの仲をよく思わぬリストーン卿が、彼女を無理やりここブラックストックへ連れてきてしまった。ゲイナー氏はずいぶんと自分を責めたらしい。娘は自分のために――父親に安定した地位と暮らしを与えるために――この家に嫁いだのだと。

それを聞いてなにかが引っかかった――さらにリストーン夫人のあの表情を見て、わたしはある推論を導き出した。そこで亡霊部屋でこっそりひと晩過ごすことにした。そして隠し通路を見つけた――予想どおりだった。通路は亡霊部屋から、高い塀のすぐ向こうにある荒れ果てた礼拝堂に続いていて、そこからさらに屋敷の中の別の部屋——亡霊部屋と同じような空き部屋——につながっていた。つまり、亡霊部屋さえ開かずの間になっていれば、誰にも見とがめられず逢瀬を重ねることができたわけだ。だが従僕のローマックスの件でもわかったとおり、やがてそうはいかなくなった。あのとき中にいたふたりはとっさに鍵を閉め、すんでのところで目を逃れたというわけだ。

そしてその夜更け、わたしは見てしまった。そうなんだ、デクスター、ふたりはカーテンの陰からわたしが見ているとはまるで知らずに、あの部屋にあらわれたんだ。あの夜、わたしがあの部屋に泊まるつもりだとは誰も知らなかったから、まさか見られているなどとは夢にも思わなかったのさ。

ふたりが一緒にいたのはほんの数分だった。駆け落ちの相談をしていた——当初は今夜ではなく、もろもろの準備をととのえて明日決行する予定だった。やっと自由になれるのね、と夫人はいっていた。お父さまが世話になっていたから、夫から浴びせられるありとあらゆる侮辱にもこれまでじっと耐えてきた、けれどももう我慢しなくていいんだわ、と——晩餐の席で、父親がもうリストーン卿を頼らずにすむと知って、喜びを隠しきれずにいるのを見ただろう？——これからは存分にしたいことをするわ、と彼女は高らかにいった。あんな横暴な夫、わたしに愛される資格なんかとうに失っているんですもの、とね。どうやらいままでずいぶん殴られてきたようだ。

そういうわけで話はついた。ふたりは明日の夜、手に手を取って新世界へ旅立つことになっていた。だがいまとなっては、デクスター、計画は変更されるにちがいない——おそらく、今夜発つつもりだ」

彼のいうとおりだとわたしも思った。

「どうすればいい？」

「今日の午後、ゲイナーに会ってきた」ヴァンスがふたたび口をひらいた。「包み隠さずすべて話した。娘は可愛いが、道を踏みはずすことだけはしてほしくないと彼は思っている。そこで明日の朝ここへ来てもらい、娘を連れていかせることにした。リストーン卿とて、力ずくで奥方をこの屋敷にとどめておくことはできまい。だがこうなってしまっては――わたしにできるのは、せいぜい牧師をもう一度訪ねてこの事態を知らせることくらいだ。ゲイナーにはただちに行動を起こしてもらう。晩餐会など知ったことか。今夜牧師をこの屋敷に来させ、自分とともに来るように娘を説得させねば。ほかに望みはない」

こうしてわたしたちは計画にのっとって動きはじめた。ヴァンスはただちに出かけていき、夕食どきまで戻ってこなかった。だが無駄足だった。牧師は家におらず、あちこちで訊ねてみたが結局見つからなかった。

あの、身の毛もよだつような晩餐会でのできごとは――いまでもまざまざと脳裏によみがえる！　あの場にいた全員がそわそわと落ち着きがなかった。そして午後十時頃、リストーン夫人が、ひどい頭痛がするといって腰をあげた。ヴァンスとわたしは示し合わせたように、だがなす術《すべ》もなくたがいをちらりと見やった。

ありがたいことに客人たちはまもなく帰っていき、残ったわれわれ男たちは――といっても家庭教師はなにやら理由をつけて退席していたが――リストーン卿の書斎で煙草をふかしていた。

三十分ほどのち、恐れていた瞬間が訪れた。ドアが勢いよくひらき、興奮したようすのフェルトンが、髪を振り乱して書斎に駆けこんできたのだ。

「たいへんです、旦那さま」彼は叫ぶと、威圧するようにわたしたちを見据えた。「どうしてもお知らせせねば、と思って参上いたしました。奥さまはこのお屋敷に愛人を連れこんでおられます。亡霊騒ぎはすべてその男のしわざ――罪深き秘めごとを隠しつづけるための方便――だったのです。ふたりはまさしくいま――」

煮えくり返るほど腹が立った。

「こいつは汚い強請り屋だ」いいかけたが、リストーン卿が手でわたしを制して立ちあがった。爆発寸前の怒りに、おもざしが赤黒く変色している。

「続けろ、フェルトン」卿はしわがれた声でいった。「やつらはどこだ?」

「亡霊部屋です――いまなら捕まえられます。今夜――ふたりで駆け落ちするつもりです」夫人が脅迫に屈しなかった悔しさに、彼は激しく歯ぎしりをした。

リストーン卿はそれ以上無言だった。机のひらき戸を開け、なにかを片手で隠すように取り出すと、わたしたちのほうをちらりとも見ず、ドアに向かった。

世にも恐ろしい事態が起ころうとしていることにわたしたちが気づく間もなく、彼は広間を横切って階段をのぼっていった。

「急げ――拳銃を持っているぞ!」

ヴァンスは叫ぶと伯爵を追い、そのあとにわたしが、それから家庭教師が続いた。家庭教師は死人のごとく真っ青な顔をして、足もともふらついていた。

だがリストーン卿は足が速かった。わたしたちが追いつく暇もなく、彼は勢いよく亡霊部屋のドアを開けた。しわがれた低い叫び声がして——卿が片手を差しあげ、発砲した——おぞましい銃声が廊下に響きわたる。

次の瞬間、ふたたびリストーン卿の叫び声があがった——だが今度は悲鳴だった。彼はめちゃくちゃに銃を撃ち放ったあげく、両手を高くあげてふらふらとあとずさった。倒れる彼の身体をヴァンスが支える。

そしてわたしは——ほんのつかの間、開いたドアから亡霊部屋の中が見えた。ぼんやりと人影が浮かんでいる——過ぎし時代の衣服をまとった若い男が、笑みを浮かべて胸に片手を当て、リストーン卿に向かって会釈をした。

〈ブラックストックのいたずら小僧〉はついにその運命をまっとうしたのだ。

数日後、リストーン卿は亡くなった——卒中の発作だろう、と医師たちはいった。

数週間も経たぬうちに、リストーン夫人はひそかに結婚式をあげた。

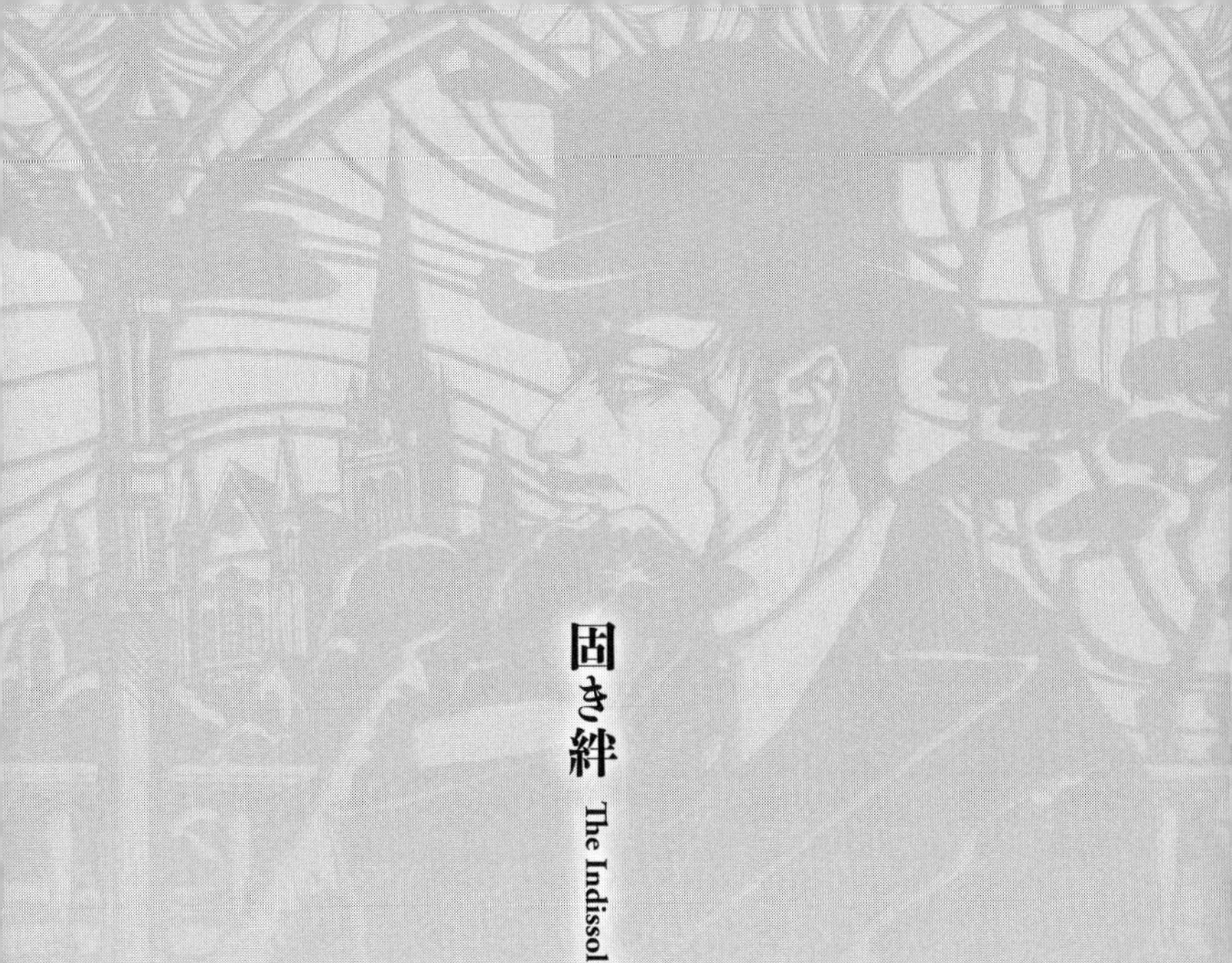

固き絆

The Indissoluble Bond

おそらく、わたしがこうして記している数々の記録をすでにご覧になってきたみなさまには、わが友エイルマー・ヴァンスが、きわめて未知なる難解な心理学の一端を解明するために行動していることをすでにご承知いただけていると思う。だがこれから語る事件では、人間の力には――それがたとえヴァンスであろうと――限界があるということがおわかりになるはずだ。いまもって理解不可能な――じつは、われわれの限りある知恵では想像すらつかない――力の前では、われわれ人間ごときなどまるで無力なのだ、ということが。

夏のロンドンで、わたしたちはヴェリカーという、感じのよい一家――ヴェリカー大佐夫妻と、息子と娘がそれぞれひとり――と知り合いになった。これから綴るのはこの娘の物語だ。

可愛らしい女性で、歳の頃は二十二、三。その見た目からは想像もつかなかったが、じつは夢見るような優しい瞳の奥では、謎めいた魂がひそかに燃えていた。こんないいかたをするのも、ひとえに彼女がどこから見てもごく普通の娘だったからだ。

外で過ごすのが大好きで、あまり本を読むほうではなかった。乗馬の腕はなかなかのもので、わざわざ早起きまでしてハイド・パークのロトン・ロウで毎朝馬を走らせていたくらいだ。テニスとゴルフも飛び抜けてうまかった。彼女なら――おそらく――銃を扱ったとしても飾らない女性らしさを損なうことはなかったにちがいない。なぜこんなことまで書いているかといえば、ごく普通の人々の中からたまに感受性の強い人があらわれることがあっても、それが彼女だとはまず考えられなかったからだ。

　そのほかの特徴をいえば、ほっそりと痩せていて、背はすこし高め、そして豊かな栗色の髪をしていた。輝かんばかりの生命力と、生きる喜びを身体いっぱいにあらわしたその姿に、たいていの男は心惹かれずにいられなかっただろう。

　その夏、わたしたちはヴェリカー一家とすっかり意気投合したものだから、夏も終わらぬうちに彼らがロンドンを離れ、住まいのあるサンドミンスター——仮にそう呼んでおくことにしよう、というのもこの事件では、いかなるものもじっさいの名前を明かすわけにはいかないからだ——に戻らなければならないと聞いて、かなり落胆した。

　大佐は、この大聖堂のあるちいさな町の有力な名士で、小教区をまかされていたので、あまり長期にわたって町を空けることはできなかった。だが別れ際、なかば強引に、年末にはかならず屋敷を訪ねてくれと念を押された。

　ある日、ヴェリカー大佐からの手紙をヴァンスに見せられた。時間さえ許せば、できるだけ早くわたしたちをサンドミンスターに招待したいとある。

　〝きみたちと過ごせるだけでほんとうに嬉しいのだが、じつは下心があってね〟そう手紙には記されていた。〝むろんお目にかかれるのはなによりも楽しみだ。だがじつは、娘のベリルのことで少々頭を悩ませている。いろいろと検討してみたところ、きみに——心霊現象に精通しているというきみに——助言をもらうのがどうやら一番よいようだ。ほんとうのところをいうと、わたしのような頭の固い老いぼれにはなんのことやらさっぱりわからない。年頃の娘はたいがいなにかしらの妄想を抱いているものだが、普通、そうした妄想に意味などないはずだ――ところがベリルの場合は、とりわけヒステリー持ちというわけでもないのに、どうにも妙なのだ。とにかくきみ自身の目で確かめてもらいたい。わたしたちとしては、早ければ早いほどありがたい〟

あいにくその頃のわたしたちは多忙だった――あとまわしにできない重要な調査が入っていたのだ――だから、ヴェリカー大佐の招待をようやく受けられたのは、手紙が届いてからたっぷり二週間が経ってからのことだった。

わたしたちは週明けの午後、サンドミンスターに到着した。可愛らしい古風な町で、大聖堂は――それほど大きくはないが――その建築の素晴らしさと、まわりの風景が絵画のごとく美しいことで有名だった。大聖堂はひらけた場所に建っていて、高い塀に挟まれた細い道が町のほうへ続いており、裏手には平地がひろがっている。この大聖堂から歩いて五分くらいの場所に、ヴェリカー家が大きな現代風の屋敷をかまえていた。

わたしたちは大佐とヴェリカー夫人、そしてベリルから温かい歓迎を受けた。ベリルはいたって普通で、健康そのものに見えた。彼女の兄は友人たちとスコットランドに出かけているとやらで留守だった。

楽しい夕べを過ごし、やがてご婦人がたがそれぞれ部屋へ引き取ると、大佐はようやく手紙の一件に触れた。彼はまず初めに、すでに手紙で伝えてきたことをもう一度繰り返した――自分はさほど心配しているわけではない――気を揉んでいるのはむしろ妻のほうだ、と。

「だがわたしの意見が正しかったらしい」彼はいった。「くだらない騒ぎに巻きこんでしまって申しわけなく思っている。あの手紙を書いて以降——二週間は経っているが——ベリルにおかしな兆候は見られないし、〝発作〟も一度も起こっていない。あなたがたには謝罪せねばなるまいな」

穴があったら入りたい、とでもいうような口ぶりだ。

「お見受けしたところ、ベリル嬢は心身ともに健康そのもののようですな」ヴァンスが意見を述べた。「あなたの推論が正しければいうまでもないのですが、とりあえずどうでしょう、わたしたちを信頼して話されてみては——」

と水を向ける。大佐がなにかを打ち明けたがっているのは一目瞭然だった。

「じつは近頃」大佐がそれに応えた。「ベリルのようすがおかしいのだ。〝発作〟は常になんの予兆もなく起こる。午後遅くに起こることが多いが、あまり時は選ばない。傍目《はため》には、まるでなにかに耳を傾けているように、しかも夢中になって聴き入っているように見えるのだ。きまって怯えたような、張りつめた表情をしているので、見ているこちらまで思わず背筋が寒くなる。しばらくすると、あの子はたいてい頭痛を理由に自室に戻ってしまう。外にいるときであれば、なにを置いても家へ帰りたがる。だが一時間もすればまた姿をあらわす——顔は真っ青だが、それ以外はいつもどおりだ。むろん、妻とわたしはさんざんあの子を問い詰めた。医者にも診せたがどこも悪くないといわれた。そのとおりなのかもしれないが、あの、なにかに聴き入るような姿を見るたびに不安でしかたがない。しかも——」

彼はふと口ごもった。

「しかも?」ヴァンスが促す。すわったまま前屈みになり、膝に両肘を載せて頬杖をつくというおなじみの恰好で、真剣に話を聞いている。

「しかも」大佐が続けた。「何度かそういうことがあったので、あるとき妻が、頭痛を和らげるものでも持っていってやろうとベリルの部屋を訪れた。するとドアには鍵がかかっており、ノックにも返事がなかった。娘の部屋は庭と直接つながっていて、階段でおりられるようになっている。そこでドアから入れなかった妻は窓へ回ってみた。だが室内に娘の姿はなく、ベッドに寝た形跡もなかった――部屋に戻ったその足で、外に出たようだ――」

「どこへ行っていたのか、お嬢さんには訊ねてみましたか?」

「むろんだ。すると娘はその質問を予想していたかのようにすらすらと答えた。外の空気を吸うと頭痛がよくなるの、と。ほんとうにそうだったのかもしれないが、なぜわたしたちの目を盗んでおこなう必要がある? どうやらどこかへ出かけているらしいが、なにがなんでもわたしたちには知られたくないらしい」

「尾行しようとは?」

大佐はかぶりを振った。

「しなかった。やはり妙だ、という結論にたどり着いたのはきみに手紙を書く直前のことだったが、じつはあれ以来、娘に異変は起こっていない。このままなにも起こらずに過ぎてくれればよいのだが。きみたちを呼び立てるほどのことはなかったのかもしれないが、あのときはまさに藁にもすがる思いだったのだ。娘の〝発作〟が――まさしくこの言葉がふさわしいと思うのだが――どれほど異様なものだったか」

「〝発作〟を起こしたときのお嬢さんは」ヴァンスが訊ねた。「自分の意思で行動しているように見えましたか？　自分のふるまいを自覚していたとお思いになりますか？」

ヴェリカー大佐は考えこんだ。

「自覚していたと思う」彼は答えた。「だがそれと同時に、なにか外側の力――といっていいのかどうかわからないが――に応えているようでもあった」

「しかしお嬢さんはなにひとつ、まったく口を割ろうとなさらない」

屋敷の主《あるじ》は、そのとおりだ、としぐさで答えた。

「なんでもない、とあの子はいいはっている」彼は答えた。「ただの頭痛だから心配はいらない、と。それに先ほどもいったとおり、ここ二週間は〝発作〟もない。だから、なんでもなかったということでいいんじゃないかね」

ヴァンスが納得していないのは顔を見ればわかった。彼はさらに質問を続けた。

「大佐」彼はいった。「ご自身でなにかお気づきになったことはありませんか？　大丈夫です、話してみてください。どんなささいなことでもかまいません。たとえば、お嬢さんに男性の影がある、ですとか」

「それはまずあり得ない」大佐が答えた。「だからこそ妙でね。じつは、ベリルは四か月ほど前に――ロンドンで――婚約したんだ。相手はジェフリー・ベイニオン氏という申しぶんのない青年で、なんと外務省に採用され、インド高等文官として赴任が決まっている。結婚式はこの冬に挙げる予定だ。ジェフリーはいま、ロシアの特殊調査のためにサンクトペテルブルクにいる」

「お嬢さんはいまも確かに婚約者《フィアンセ》を愛していらっしゃいますか？　婚約を悔いているようなことは――」

「いや、その心配もけっしてない。その点については何度も娘に確かめた。あの子はジェフリーを心から愛していて、彼の調査に差しつかえなければ、むしろ結婚を早めたいくらいだといっていた。じつをいうと、わたしはあの子が、結婚によって早く守られたがっているような気がしてならないのだ」

「ほかに気になることは？」

「そう……ですな」――大佐の口調には、どこかためらうような響きがあった――「くだらないことだが、一応お話ししておいたほうがいいだろう。ベリルは幼い頃から音楽が好きで、大聖堂でパイプオルガンを弾くのをなによりも楽しみにしていた。ロンドンから戻ってみると新しいパイプオルガン奏者が来ていたので、先日、夕刻のリサイタルに家族で行ってみた。娘はその男の演奏にかなり胸を打たれたようで、ついには個人レッスンまで受けることになった。〝発作〟が始まったのはまさにその頃からだ。なぜか――理由はわからないが――なにかに聴き入っているあの異様な姿と、パイプオルガンの音色に魅せられていたときの姿とが重なるのだ。まさにあのリサイタルの夜からだ、娘のようすがおかしくなったのは」

ヴェリカー大佐はそこで口を閉ざした。

「で、その、パイプオルガン奏者の男というのは――」ヴァンスがふたたび水を向ける。

「まさか、とんでもない――ばかな――あんな男は問題にもならん」ヴェリカーが一蹴した。「まともな相手にもならない、影の薄い男だ。やつが娘とどうにかなるわけがない、話題にすることすら間違っている」

これに関してはヴァンスも特に口を挟まず、ヴェリカー大佐もこれ以上話すことはなさそうだったので、とりあえず大佐の推測が正しいことを、そしてこの事態が収束に向かっていることを祈りつつ、しばらくようすを見ることになった。

初めのうちは、それでうまくいっているように思えた。二、三日の間はベリルに変わったようすも見られず、平和そのものだった。

その間も、わたしたちはベリルをつぶさに観察した。ベリル本人がその機会を頻繁に与えてくれた。彼女はいつもわたしたちについて来て、近隣のさまざまな場所に連れていっては、可愛らしい案内役ぶりを発揮してくれたからだ。大聖堂でもずいぶんと長い時間を過ごした。なにしろ大聖堂の中には、ヴァンスの考古学趣味を大いに刺激するような、美しい古い真鍮製品がずらりと並んでいたからだ。

大聖堂を訪れた日、ヴァンスはじつにさりげなく、パイプオルガンに関する質問をヴェリカー嬢に切り出した。質問に答える彼女を注意して見ていたところ、感情を必死に隠そうとはしているものの、ほんのりと頬が赤らんでいるのがわかった。ベリルによれば、カスバート・フォード氏というそのパイプオルガン奏者はこの二週間伏せっているのだという。これまでサンドミンスターにいたどのパイプオルガン奏者よりも素晴らしい演奏家よ、とまでいっていた。

大聖堂を出ながら、ヴァンスがわたしに小声でささやいた。「件《くだん》のパイプオルガン奏者はこの二週間寝こんでいるそうだ——ヴェリカー嬢が最後に〝発作〟を起こしたのも二週間前。きみならどう推理する、デクスター？」

彼の声は不吉な響きをたたえていた。

事態が動いたのはわたしたちが到着して四日目のことだった。その日の午後は数人の若者たちが屋敷に招かれ、テニスとクローケーに興じていた。ベリルもそこに交じって大いに楽しんでいるようすだった。

午後六時を回った頃だろうか、客人たちもほぼ暇を告げ、残った幾人かで、芝生に置いた籐椅子に寝そべって楽しくお喋りを楽しんでいたときのことだ。

わたしはベリルのすぐそばにいたので、一番先に変化に気づいたのはおそらくわたしだった。しばらく前から、彼女は椅子の背もたれに身体を預けてじっと黙っていた。ふいにラケットの転がり落ちる音がして、わたしは思わずそちらを見た。するとベリルが背筋をぴんとのばし、蒼白な顔に、喰い入るような真剣な表情を浮かべていた。

瞳はらんらんと輝き、唇がすこしひらいて、膝の上の両手の指が絶え間なくリズムを刻んでいる。首を前に突き出し、なにかに——彼女の耳にしか聞こえていないなにかに——聴き入っている。

声をかけてみたが反応はない。そこで隙を見てヴァンスを呼んだ。ありがたいことに、それほど遠くにはいなかった。

ヴァンスがわたしたちのそばまで飛んできた。まさにそのとき、ヴェリカー嬢は背筋をのばしてなにかに耳を傾けた姿勢のまま、立ちあがってくるりとわたしのほうを向くと、じつにさりげない口調でいった。気を張っていなければ、おそらくわたしもころりと騙されていただろう。「ごめんなさい、デクスターさん、ひどい頭痛がするの。日にも当たりすぎたし、ちょっと張り切りすぎたみたい。すこし横になれば治るはずだから、失礼してもよろしいかしら。ほかの人には黙って行きますわね、余計な心配をかけたくないから」

彼女の両親は離れた場所で客人と話しこんでおり、まったく気づいていなかった。

ベリルはわたしの返事を待たずに去っていき、わたしはヴァンスとともに、彼女が屋敷の陰に消えていくのをただ見送った。

だがその姿がすっかり見えなくなると、ヴァンスがわたしの腕をつかんだ。

「行くぞ、デクスター」彼はいった。「わたしたちの出番だ——特にきみの」

そういって彼はわたしを屋敷の中へ連れていった。ヴェリカー嬢もおそらくこちらへ来たはずだ。

「彼女を追うのか?」わたしは小声で訊いた。「ならば外で待っていたほうがいいんじゃないか。大佐の話によれば、ベリルはまず部屋に行き、鍵を閉めて自分が中にいると思わせてから、窓を開けて外に出るらしいじゃないか」

「いや、あとは追わない——どのみち、生身の身体ではね。だがデクスター、きみには心で追ってもらう」

わたしには彼のいわんとしているところがわかった。わたしの千里眼を使おうというのだ。

それ以上なにもいわずにうなずき、ヴァンスとともに自分の部屋へ向かった。そしていままでもたびたびそうしてきたように、彼がわたしに催眠術をかけた。

わたしは手に、ヴェリカー嬢の手袋を片方握っていた。慌ててあの場をあとにした彼女が落としていったものを、ヴァンスが拾ってきたのだ。

やがて幻視が始まった。このとき目の前に繰りひろげられた光景は、それまでに見たどの幻よりも鮮明だった。見聞きしたことをできるだけ正確にここに再現できるといいのだが――なんといってもトランス状態にあるときのわたしは、聴覚も視覚もいつになく研ぎ澄まされているからだ。

言葉まで一字一句そのとおりだったかはわからない――だがあのときの空気を正確に伝えることはできるだろう。

わたしは細長くて暗い部屋に目を凝らしていた。あまりにも暗かった。やがて、彩色された背の高いパイプがずらりと並んでいるのが見えてきて、そのとき初めて、そこが大聖堂の、パイプオルガンのある中二階であることに気づいた。

そのうちに視界がひらけてきた。暮れつつある一日の終わりの陽光が、ダイヤモンド形の窓ガラスからいくつもの筋となって射しこみ、揺らめきながら、鍵盤の上を夢見るように行き来するふたつの手に降りそそいでいる。

光の筋に穿たれたその手はあまりにも細くて白く、透けているのではないかとすら思えた。一瞬、パイプオルガンの前にすわっている男が人間ではなく亡霊に見えた。

だがそれは見間違いだった。さらに目が慣れてくると、そのおもざしが間違いなく血の通った人間のものであることがわかった。だがなんという痩せこけた顔！　頬骨が痛々しいほどくっきりと目立ち、ぎらついた両目は落ちくぼんで、まわりに黒い隈《くま》が深々と刻まれている。つまり、この男がヴェリカー大佐のいっていたカスバート・フォードか。

彼はすわってパイプオルガンを弾いていた。夢の中だというのに、そのどこか異様な音楽が、はっきりとわたしの鼓膜を震わせた。

それまで耳にした音楽の中でもとりわけ風変わりな曲だった。生きている作曲家だろうがすでに亡くなった作曲家だろうが、こんな曲を書いた者はいままでにいない。しかも目の前の奏者は、いま自分が奏でている楽器を心から愛しており、魂を捧げんばかりの勢いで弾いている。そのことが直感でわかった。

黄昏が迫り来る中、狭い中二階で、がらんとした大聖堂の中のおごそかな雰囲気に包まれてひとりすわっている彼には、すでに感情も感覚もいっさいなく、意識の中にあるのはただひとつパイプオルガンだけだった。

男はみずからの身体を犠牲にして魂を燃やしていた。魂の歌がパイプオルガンの音色とあいまって――ふたつの調べが溶け合う。

わたしはそれまで出会ったことのない感情に突き動かされながら、ただ耳を澄ましていた。パイプオルガンの静かな吐息には、死に絶えた希望と不気味な欲望がたゆたっていた――それはわたしたちにとってはまるで未知の、そしておそらく今後もけっして理解することのできないものだった。

この正体を知ってしまったら、人間の魂の謎すらなにもかも解けてしまいそうだ——そこでわたしも、知らないほうが身のためだと思うことにした。

ふと、中二階に続く狭い木の階段で足音がした。その音が奏者の耳にも入ったようで、ふいに曲の調子が変わった。

聞きおぼえのあるベートーベンの旋律が、大聖堂に響きわたる。

ドアがひらき、ベリル・ヴェリカーがあらわれた。テニスパーティのときに着ていた薄地のワンピース姿だ。顔色がひどく悪い。

耳慣れた奏鳴曲《ソナタ》を弾きつづける男のかたわらで、ベリルはしばらく黙って立っていたが、やがて男の腕に指を触れた。

「なぜその曲を弾いているの?」彼女はいった。「それはベートーベンで、あなたの曲じゃないわ」

男は弾きやめて彼女を見た。

「なんだ?」彼が訊ねた。

「あなたがわたしを呼んだのよ、カスバート」つぶやいた声は震えていた。全身がわなないている。

「聞こえたのか?」彼はいった。しわがれた、ひややかな声で。まさにこの男の見た目や性格にふさわしい、不愉快で耳障りな声だった。

「聞こえたんだな」と繰り返す。「では、おまえはおれに従う運命なのだ。魂が魂に直接語りかけるときには、ベリルよ、肉体のごとき弱きものでは抗うことなどできない」

「わかってるわ」彼女の声は畏怖に打ち震えていた。男のかたわらにある長椅子に腰をおろす。「あなたはわたしの身体を蝕んで死なせようとしてる。卑怯だし残酷だわ」両手で顔を覆う。「わたしはまだ生きたいのに、生きていたいのに！」

男はしばらく答えなかったが、その視線は——残り少ない命のすべてを注ぎこんだようなふたつの目は——落ちくぼんだ眼窩《がんか》から燃えんばかりに彼女を見つめていた。

「おれが、おまえを傷つけているだと？」やがて男は口をひらいた。その言葉には棘《とげ》があった。「おれは、おまえに向かって愛を口にしたこともない。それに、おまえもむろん自覚しているだろうが、おまえの身体は徹底的におれを拒んでいる。だがベリル、おまえの心はおれのものだ。おれにはおまえの心を支配する力がある。おれがパイプオルガンの旋律を通じて、穢らわしき肉体という檻を破り、魂の美しさや、虚しきこの世では夢見ることすらかなわぬ崇高な愛、人間の感覚ではけっして感じることのできないもの、そうしたものについて教えてやろう。いずれはおまえの魂もおれに感謝するはずだ——おれは宿命を果たしているのだ——おまえはもう、この運命からは逃れられない」

男は痩せて骨張った手でベリルの両手を包みこんだ。触れた指に、彼女が身震いする。

「おれの魂はおまえの、おまえの魂はおれのものだ、ベリル」彼はいった。「あの遠い過去の、長く暗い時代からおれたちの魂はたがいのものであり、またそれは未来永劫変わることはない。おまえはおれのものだ——いまそれを証明してやろう」

そういって男は握っていた手を離し、いま一度パイプオルガンを弾きはじめた。あの、風変わりで不吉な調べが大聖堂の中にふたたび響きわたる――魂が魂を呼ぶ声だ――ベリルはうっとりと目を閉じかけたが、必死に抗い、なんとか正気に戻った。そして今度は自分から男につかみかかり、彼の両手を鍵盤から引きはがした。

さらに、荒く息をつきながら、パイプオルガンの蓋を閉じる。

「もう弾かないで！　やめてっていってるの！」彼女は悲鳴をあげた。「こんなのおかしい。変な魔法をかけないで。自分でもなにがなんだかわからない。だけどこのままでいいはずがない。これでもうおしまいにしなくちゃ！」

男がベリルを見やった。貧相な身体に宿るすべての力が、両の瞳からあふれている。

「おまえはおれに心をくれたではないか、ベリル」彼はいった。「いまさら――返せと？　ところがそうはいかない――おまえの力ではどうにもならない」

「あげてなんかいないわ」彼女は息を弾ませ、いった。「あなたが盗もうとしたんじゃないの、この泥棒！　なによ、いまだってわたしの心はわたしだけのものよ！」

「おまえの身体はそういっているかもしれないが」曲がった肩をすくめ、男が答えた。「さて、心はどうだろうな？」

「この身体も、この心も、あなたのことなんか大っ嫌いっていってるわ！」彼女は息も切れ切れだ。「いやでいやで、見たくもないって」

「はて、そうかな」男はそっけなく応えた。「なに、おれがパイプオルガンに触れてみればわかることだ」――と、蓋を開けようとする。

「やめて」ベリルは絶望したようにつぶやいた。「もういいでしょ、カスバート、わたしの力じゃあなたには敵わない。それくらいわかってる。でもお願い、どうか許して。だって！　わたしはまだ若いし、この世には楽しいことがたくさんあるんだもの。もうすこしだけ生きて、人生の喜びを味わいたいの。あなたのいってる永遠の時間にくらべれば、数十年なんてほんの短いものかもしれない。だけどわたしは誰かと温もりを分かち合いたいの、カスバート、だって崇高な愛なんていわれても、よく――まるっきり――わからないわ。まだ話してなかったかもしれないけど、わたし、もうすぐ結婚するの。その人を愛してる。身も心も捧げるつもりよ――」

「心を捧げることは、もうできない」男が冷然といい放った。

「いいえ、できるわ。あなたさえ許してくれれば」彼女は訴えた。「どうか束縛を解いて。わたしにとってもあなたにとってもよくないわ――邪悪で、人の道に外れてる。わたし、このままじゃ死んでしまうわ」

「それですべてが成就するではないか！」男が声を荒らげた。「肉体の痛み、心の痛み、そして虚しい希望ばかりが詰まったこのいまいましい現実に別れを告げ、ようやく幸福な魂となって自由に羽ばたけるのだぞ！」

「死にたくなんかない。欲しいのは愛。そして愛は生きることだわ」

「そんなものは、ただの肉体の卑しき欲望だ！」男は蔑むようにいい返した。「いいか、おまえの魂はすでにおれのものだ。永遠にな。この運命《さだめ》に逆らうことなど、おまえにはできない」

男が黙ると、中二階にはしばらく静寂が漂った。娘のかすかなすすり泣きと、そのかたわらに背を丸めてすわっている男の荒い息遣いが聞こえる。

やがて男が口をひらいたが、やはりその言葉には棘があった。

「いずれ永遠の時が待っているのだ、一年や二年くらいは待ってやってもいいだろう。おまえの望みどおりにしてやる。この世での自由が欲しいといったな。肉体の悦びを得たいと。ならば行け――おれの命が尽きるまでは、おまえの魂を求めることはしない」

ベリルは飛びあがって喜んだ。

「約束してくれるのね――ああ！　夢じゃないのね！」彼女は声をあげた。「ああ神さま！　ありがとう！　わたし、自由なのね？」

「わかっているな」男は表情を変えなかった。「〝おれの命が尽きるまで〟だ。よく見るがいい」いわれて男を見たベリルは、思わず泣き崩れて長椅子にすわりこんだ。その顔に刻まれた皺という皺に、死の予兆があらわれていたからだ。

しばらくふたりとも黙ったままだった。

やがて、ついに男がパイプオルガンの蓋を開けた。

「聴くがいい！」男はいった。「おれは――命尽きるまで――二度とおまえの前でみずからの曲を弾くことはないだろう。さあ、いま一度聴け」

大聖堂の重苦しい静寂を打ち破るように、ゆっくりと、そしておごそかに、ショパンの『葬送行進曲』が響きわたった。だがこの曲がこんな弾きかたをされたことはそれまで一度もなかったはずだ。

「ここにあるのは、死」うずくまったベリルを見もせずに、カスバート・フォードはいった。彼の奏でる音色のひとつひとつが物語る。肉体が腐りゆくさまを、墓を、蛆虫《うじむし》を。

「そしてここにあるのは、永遠の命」

魅惑的な調べ。まさしくパイプオルガンが歌っている！　魂が魂に呼びかける声が、限りあるこの世をあざ笑うような命の歌が奏でられる。人の世の情熱も、痛みも、取るに足りない希望や恐怖も、この永遠の命にくらべればなんとささいなことか？　来たれ、歓喜する者たちよ。来たれ、疲れ果てた者たちよ。ここがおまえたちの天国だ。死よ、おまえの棘はどこにあるのか。墓よ、おまえの勝利はどこにあるのか？（「コリント人への手紙一」）

嘆きの音色に聴き入っていると、美しい調べがわたしの存在そのものにじわじわと染みこみ、これまでの固定観念を次々と打ち壊していった。目が覚めたのはそのときだった――気づくと、そこは自分の部屋だった。エイルマー・ヴァンスが心配そうな顔でわたしを覗きこんでいる。

彼はしばらく前からわたしを起こそうとしていたが、なかなか目覚めなかったそうだ。これほど深い催眠に入ったのも、あれほど鮮やかな幻を見たのも初めてのことだった。

落ち着いたところで、見聞きしたことを余さず彼に話した。

「どう思う？」話し終えると、勢いこんでわたしは訊いた――間違いなく、あの夢は現実に起こったことであるにちがいないからだ。

わたしはさらにいいつのった。「思うに、人の姿をしたあの魔物は、自分に与えられた素晴らしい音楽の才能をもちいて、彼女の内なる感情を呼びさまそうとしたんだ。だが、パイプオルガンを通じてでなければ彼女にはたらきかけることはできない。それに気づいたあの男は、パイプオルガンの力でもって彼女を従わせようとした。あの男さえサンドミンスターから出ていかせることができれば、ヴェリカー嬢を蝕む不気味な存在はいなくなり、彼女も正気に戻るはずだ。気の毒にな、誰よりもそうしたいのは彼女自身だろうに」

だがエイルマーは深刻な表情を浮かべたまま、わたしの自信満々な意見にもすぐにはうなずかなかった。

しかし結局は彼も、ほかに手はなかろうと認めた。

その夜、ベリルは晩餐の席にあらわれた。休んだのでだいぶ具合がよくなった、という。先ほどまで神経が高ぶっていたことなどおくびにも出さない。自制心はかなり強いようだ。

だがやはりこのときも彼女は早々に席を立ち、自室へ引き取っていった。

のちほど葉巻をくゆらせながら、わたしは先ほど見た幻のことを大佐に語った。大佐は口にはしないものの、そんなものはただの夢でそれ以上の意味はない、と必死に思いたがっているようすだった。

これまで超常現象などとは一度として向き合うことなく人生を送ってきた彼には、魂が魂に語りかけるなどという考えは、不条理で信じがたいものにしか思えないのだ。

それでも、カスバート・フォードが危険な存在だというわたしたちの言葉には賛同した。

「わからなくはない」彼はつぶやいた。「確かに、あの男は音楽の才能に恵まれている。しかも娘はきわめて音楽に影響を受けやすい質《たち》だ。物心ついたときからそうだった。あの子の伯父、つまりわたしの兄はすぐれたピアニストだったのだが、弾いてくれといわれて兄が承知すると、あの子は何時間でもかたわらに立って耳を傾けていた。その数年後、あの子にせがまれてクラシック音楽のコンサートに連れていったときも、わたしは退屈でしかたがなかったのだが、娘ときたらハンカチを目に当ててすすり泣いていた。おおかた、あの男もそうやって娘に取り入ったのだろう。やつのパイプオルガンの音色が、ほかの者には聞こえず娘にだけ聞こえるなどという戯言を信じる気は、わたしにはいっさいない。おそらく娘はあの男の日常を知っていて、いつ頃パイプオルガンを弾くのかわかっているのだろう。とはいえ、やつがあのような男でよかった。これぱかりは幸運の星々に感謝せねばなるまいな――万が一やつがまともな男だったら、まったく別のことで頭を悩ませねばならなかった」

ヴァンスは黙って聞いていた。大佐がこうした――至極まっとうな――意見の持ち主で安心しているようだ。なにはともあれ、例のパイプオルガン奏者はどうやら約束を守っているようだった。わたしたちがヴェリカー家へ来て早二週間になろうとしていたが、屋敷の平安を乱すようなできごとは、とりあえずなにも起こっていなかったからだ。

カスバート・フォードを町から追い出すにもさほど苦労しなかった――彼はヴァンスから極秘の訪問を受けたのち、自分からサンドミンスターを出ていった。だが戻ってきたわが友人の顔は曇っていた。すでに、なんらかの危険を察知しているようだ。だがわたしにはまだ、その正体がぼんやりとしか見えなかった。

またヴァンスは、娘の結婚式をできるだけ急ぐようヴェリカー大佐に勧めた。「新たな絆を築き、つながりを強くするんだ」ヴァンスがわたしにいった。「もうほかに打つ手はない。だがそれしきのものが、ほんとうに役に立つのだろうか？ デクスター、わたしにはわからない――わからないいんだ。まったくわれわれの――なんと無力なことか！」

そののち、わたしたちはロンドンに戻った。むろん、サンドミンスターでの奇妙な体験を忘れることはなかったが、さらに興味深いできごとが次々と起こり、それらにかまけているうち、時は瞬く間に過ぎていった。

ヴェリカー大佐から便りがあれば、ヴァンスが教えてくれた。なにもかも順調で、ヴェリカー嬢も健康そのもの、婚約者も帰国したので十一月早々に結婚式を挙げるという。

やがて数か月後、ついに結婚式の招待状が届いた。屋敷にはおおぜいの客を招くとのことで、わたしたちもヴェリカー家へ赴き、一週間滞在することとなった。

式もまもなくとのことで、ヴァンスはかなり安堵していた。ベリル・ヴェリカーを守るにはおそらくこれしか手だてはない、と彼は繰り返した。カスバート・フォードが生きていて約束を守りつづけるかぎりは、ベリルの身は安全だ。だがあのとき、フォードのおもざしには死相があらわれていた――ということは――その先はどうなる？

「より強い絆を新たに築くしかない」ヴァンスは幾度も口にした。「ほかに望みはない」

時が熟し、サンドミンスターに到着すると、それは盛大な結婚式の準備が進められていた。ヴェリカー大佐夫妻は喜びに満ちあふれ、ベリルは健康そのもので輝くばかりに美しかった。ジェフリー・ベイニオンは近くの親類宅に滞在していた。彼と会うのはこれが初めてだったが、じつに見目のよい、若きイギリス紳士の見本のような青年だった。

結婚式はわたしたちの到着から五日後に予定されていた。着いて三日目には大舞踏会が催され、州のあちこちから良家の人々が集まった。

舞踏会はとどこおりなくおこなわれた。舞踏会の中心はむろんベリル・ヴェリカーだったし、彼女はまわりからの賞賛を一手に引き受けていた。特筆すべきこととしてはそのくらいだろう。

この催しはどこから見ても大成功だった。幸福な未来を誓い合う若きふたりの晴れわたる地平線には、一片の雲もかかっていないように感じられた。

舞踏会の翌日、ヴェリカー嬢はヴァンスとわたしをお供に、兄が購入したばかりだという新車に乗ってドライブに出かけた。むろん運転は彼女の兄だ。

ドライブの帰り道、わたしたちは笑いながら楽しくお喋りしていた。ヴァンスは兄のヴェリカーの隣、つまり助手席にすわって、わたしたちのいる後部座席を振り向き、昨夜の舞踏会でのできごとを面白おかしく話していた。そのときだった。ふと見ると、ベリルはわたしたちの話をまるで聞いていなかった。張りつめた、異様な光を目に浮かべ、ひたすら前をじっと見つめている。

冷たいものが背筋を走った。わたしは彼女の手に自分の手を重ねた。そうすればベリルが目を覚まし、われに返るのではないかと思ったからだ。だが触れた瞬間――信じがたいだろうが、誓ってほんとうなのだ――おそらくこのとき彼女の耳に響いていた、遠いパイプオルガンの音色がわたしにも聞こえた気がした。夢の中で聴いた、不気味で異様なあの調べが。

だが手と手が触れても、彼女は上の空だった。なにか異変を感じたものの、それを必死でわたしたちに隠そうとしている。

ベリルは屈みこむと、か細い声で兄にいった。

「お兄さま、車を停めてわたしだけおろしてもらえないかしら。行きたいお店があるの――買っておかなきゃならないものを忘れてたわ。いいの、どなたもついて来てくださらなくて大丈夫。お屋敷はもうすぐそこだから、歩いて帰れるわ。みなさんはお戻りになって、お茶の時間を楽しんでいらして――わたしも帰ったらすぐにいただくから」

兄はいわれたとおりにした――妹のささいな願いを聞いてやらなかったことなど一度もなく、このときも、そうしない理由は特になかったからだ。そうしてベリルは車をおり、その場にぐずぐずしているわたしたちを見て、じれったそうにいった。

「心配ないから行って、ジムお兄さま。すぐに帰るわ」

ベリルは、大聖堂へ続く細い道のひとつに降り立った。屋敷はここからまっすぐだ。ヴァンスとわたしは思わず気がかりな視線を交わしたが、ここはわが相棒にまかせることにした――わたしが口を出すべきところではない。

なにしろジムは、妹の身になにが起こっているかまったく知らされていないのだ。

ヴァンスは無言のままだった。やがて五分もしないうちに車は屋敷に到着し、みな車をおりた。

するとヴァンスがなにやら慌ただしくいいわけをしたかと思うと、わたしをかたわらへ引っ張った。

表情はかなり深刻で、唇は一文字に結ばれている。

「ぐずぐずしてはいられない、デクスター」彼はいった。「大聖堂へ行くぞ――彼女を追うんだ」

数分のうちに大聖堂にたどり着いたが、それまでふたりとも黙りこくっていた。広い建物の中はひとけがなくがらんとして、物音ひとつしない。わたしたちは、パイプオルガンのある中二階へ続く階段に向かった。狭い階段をのぼるにはマッチを擦らねばならなかった。すでに日は沈み、狭くて窮屈な中二階は真っ暗だ。

予想どおり、パイプオルガン奏者はそこにいた。細長い椅子に腰をおろし、両手を鍵盤に載せているが、そのままの姿勢で頭から突っ伏してぴくりとも動かない。男は絶命していた。奥ではベリル・ヴェリカーがうずくまり、両手で目を覆ったまま、全身をがたがたと震わせていた。

なにがあったのか一瞬で理解した。わたしの手からマッチがはらりと落ち、すべてが闇に包まれた。

どうにかこうにかヴェリカー嬢を屋敷へ連れ帰った。意識が朦朧とし、感情的になってヒステリーを起こしかけている。

彼女を母親に託し、手が空くと同時に、一連のできごとを包み隠さず大佐に話した。

すると返ってきたのはこんな答えだった。「そうか、あの男は死んだのか、それはよかった。これでもういらぬ心配をしなくていい」

それを聞いてヴァンスは険のある笑みを浮かべたが、なにもいい返さなかった。善良なるこのおめでたい人物に向かって、ほんとうの危険はこれからだ、などと説いたところでいったいなんになる？

あちこちで訊ねてみたところ、どうやらカスバート・フォードは今朝早くサンドミンスターに戻ってきたようだった。町なかで姿を見られていたが、どこからあらわれたのかも、なんのために戻ってきたのかも誰ひとり知る者はなかった。だがわたしたちにはたやすく見当がついた。彼は死期が近いことを悟り、愛しいパイプオルガンのそばで息絶えることを選んだのだ。

彼の亡骸《なきがら》は死体安置所に移され、検屍を待つこととなった。

次の日のベリル・ヴェリカーは、父親が自信たっぷりに口にしていたとおり、もとどおり元気になっていた。だいぶ落ち着いたように見えるが、つぶさに観察していると、やはり自分の身に危険が迫っているかもしれないとはうすうす気づいているようだ。カスバート・フォードの脅し文句が耳によみがえった――おれが命尽きるまではおまえは自由だ、と彼はいっていた――だが、そのあとは……。

結婚式を数日延ばそうかという案も出たが、ベリル本人が承知しなかった。とにかく、早く未来の夫の腕の中に飛びこんでしまいたいのだ。ただし予定されていた聖歌隊の合唱はすべて削り、パイプオルガンも定番の『結婚行進曲』を含めいっさい演奏しないでほしい、というのが彼女のたっての希望だった。

「だって、とても耐えられないわ」ベリルは身を震わせた。確かに、あの場所でパイプオルガン奏者が悲惨な死を遂げていたことを考えれば、無理からぬことだった。

そしてついに運命のときがやって来た。大聖堂は、華やかに着飾った人々で埋め尽くされていた。決められた立ち位置で待っている花婿はそわそわと落ち着かなげだ。

その姿を、ただ緊張しているだけだと思いこんでいる参列客たちは、彼の不安そうな表情にも顔をほころばせている。

こもったような詠唱の声が大聖堂を満たした。聖歌隊が歌わないことはすでに知らされていたので、遠方から来た人々だけがまわりに理由を訊いていた。わたしのすぐ前にすわっていた紳士は事情に通じているらしく、近くの者に小声で説明していた。

「なにもかも迷惑な輩《やから》のせいなのさ。カスバート・フォードという、この大聖堂でパイプオルガン奏者をしていた男が、中二階で死んでいるのが見つかった。しかも昨日だ。ささいな悲劇ではあるが――まさかここでそんなことが起こるとはね。それ以来パイプオルガンには誰も触れていない。その哀れな男が埋葬されるまで、そのままにしておくつもりなんだろうよ」

ふいに、低いつぶやきが会衆席を波のように渡りはじめた。「花嫁だ！」

ベリルは父親の腕にすがりつくようにして、通路を歩いてきた。「どういうことだ？」通り過ぎる彼女を見た人々から驚きの声があがる。「なんて生気のない顔だ。愛していない男と結婚するわけでもあるまいに？」

通路の反対側に追いやられてしまった客人たちが、よく見ようと懸命に首をのばす。

ベリルは右側にも左側にも目をやることなく通り過ぎ、無表情のまま花婿の隣に立った。そのあとの誓いの言葉も、じつにそっけなく短く済ませているように聞こえた。

誓いの言葉も終わってふたりは晴れて夫婦となり、結婚証明書への署名も完了した。聖具室を出るとベリルの蒼白い頬にすこしだけ色が戻り、彼女は夫を見あげて微笑んだ。

ふたりで祭壇に並び、婚礼の列の先頭に立ったときも彼女は笑顔だった。

「なんだ、幸せそうじゃないか！」わたしのすぐ隣でつぶやく声がした。「せっかくなのに、『結婚行進曲』を弾く奏者がいないとはなんとも残念ですな！」

ふたりが通路に一歩踏み出したときだった。突然、大聖堂のおごそかな静寂がぶしつけにも破られた。

なんという、婚礼の宴にふさわしくない異様な音色だったことか！

丸天井に覆われた大聖堂の通路という通路に、割れんばかりの大音声でけたたましく鳴り響いたのは、ショパンの『葬送行進曲』の冒頭だった。演奏されたのは初めの数小節だけだったが、死の存在をまざまざと感じさせるにはそれだけで充分だった。

演奏は一秒もなかったように思えたが、その場にいた全員がその音色を聞いた。ひとりひとりが耳をそばだて、いましがたの音色の意味を必死で理解しようとしたが、結局なんの音もとらえられず、耳に届くのは雄弁なる沈黙ばかりだった。

女たちは血の気を失って座席にすわりこみ、男たちは小声でひそひそと話し合っていた。ここにいる者はみな、耳がどうかしてしまったのだろうか？

花婿が妻の腕をつかみ、急ぎ足になった。とにかく大聖堂の外へ出ようとしている。

花嫁は足もとがおぼつかず、ほとんど花婿に支えられるようにして歩いていった。乱れた列はそのまま西側の扉の前まで来た。あの巨大なパイプオルガンの真下だ。

するとパイプオルガンがふたたび息を吹き返した。穏やかだが、誰の耳にも届く鮮明な音色。『凱旋行進曲』だ。確かに命と崇高な愛を歌ってはいる。だがそれは聴く者の耳には届かず、音色のひとつひとつに激しい情熱がほとばしっていた。しかしその情熱にも、激しさにも、ここにいる人々はいっさい気づいていなかった。そう、花嫁以外は。彼女ひとりが、その音色にこめられた激しい情熱を感じていた。

その場にいた者にとって、なんと衝撃的で、侮辱的で、忌まわしきことだったか。だが花嫁にとっては、その調べはまさに呼び招く声だった。

彼女は身をこわばらせて立ち尽くしたまま、パイプオルガンのほうに両手を差しのべた。オルガンの調べが――いま思えば、あれはこの世のものならぬ調べだった――終盤の盛りあがりを迎え、やがて吐息のごとく震えながら消えていくと、彼女はその場にくずおれた。

「呼んでる――呼んでるわ!」彼女はつぶやいた。夫が力強い腕で彼女を立ちあがらせ、外に連れ出した。そのとき彼は、妻が優しくささやく声を耳にした。「いま行くわ!」と。

のちになって、結局はなにものかが大聖堂の中二階にしのびこみ、じつに悪趣味ないたずらをしたのだろう、という噂がまことしやかに流れた。また、あまりの恐怖に人が頓死することもままあるのだろう、ともささやかれた。

ご覧のとおり、われわれ人間とは、理解を超えるものを自分たちに都合よく解釈してしまう生きものなのだ。とりわけこの事件では、おのれの無知を目の前に突きつけられ、慄然とせざるを得なかった。

「なぜあんなまがまがしいことが起こったんだ？」わたしはヴァンスを問いただした。

彼の答えには、いくばくかの慰めがこもっていた。

「あれがほんとうにまがまがしい事件だったかどうか、わたしたちには知るよしもない。人間とはこんなにも無知なのだ、ひょっとするとわれわれは、このみすぼらしい肉体を買いかぶりすぎているのではないかね？　魂について、また霊的な存在をつかさどる理《ことわり》について、われわれがなにを知っているというんだ？　あのふたつの魂は、なんらかの計り知れない理由があって出逢わざるを得なかった——そして結びつくべきときがついに訪れた——とは考えられないかね？　あの男の肉体は醜くねじ曲がり——心もそれに負けじと歪んでいた——だが自由に憧れる魂を裁く権利など、いったい誰にある？　きみにも、ましてやわたしにも、そんな権利はない」彼は片手をそっとわたしの腕に載せた。「こちらの世の理《ことわり》が、あちらでも通じるとはかぎらないのさ。真実が明らかになる日も、いつか来るだろうがね」

恐怖

The Fear

夏の終わりのある朝、エイルマー・ヴァンスは自分宛ての手紙にすばやく目を通すと、ある紳士が今日わたしたちを訪ねてくるはずだ、と告げた。どうやら興味深い話を持ってくるらしい。

「名前はロバート・バリストン、大富豪、とのことだ」ヴァンスが説明した。「なんでも一代で財を築いた御仁だそうだ。共通の友人を通じてわたしに紹介状が送られてきたんだが、どうやら彼は、近頃長期契約で借りた屋敷の件で、じつに厄介なことに巻きこまれているらしい」

「どんな厄介ごとなんだ?」わたしは訊ねた。

ヴァンスはかぶりを振った。「さあな」と答える。「いまのところまだなにも聞いていない。だが話によれば、バリストン一家はまだ引っ越してひと月も経っていないというのに、早々に屋敷を出ていかねばならないはめに陥っているんだ。じきに本人が来るから、ぜひ理由《わけ》を聞かせてもらうことにしよう」

バリストン氏は午前中のうちにあらわれた。腕一本で金を稼いだ男だということは、聞かなくてもひと目でわかったにちがいない——いかにもそういう雰囲気だったからだ。美男ではないが人のよさそうな顔。薄くなった髪は——いまだ黒々としているが——ぴかぴか光る禿げ頭を隠すには役に立っていない。やたらと着飾っていて、本人も財布も丸々と太っていた——この手の人物はわたしたちもさんざん相手にしてきている。大声が部屋に響きわたった。

「ヴァンスくん」彼はいった。「名前はよく聞いていたが、いやはや、まさかほんとうに、きみという専門家の力を借りることになろうとは」

ヴァンスとわたしは思わず目を見合わせた。なぜなら〝専門家〟と呼ばれることくらい、わが友人のいやがるものはないからだ。彼はいかなるときでも〝好事家〟であり、これまでの人生においても、その事象に惚れこんだという理由以外で調査を引き受けたことは一度もなかった。だがバリストン氏は意にも介せずさらに続けた。

「きみは権威だそうだな、それも幽霊の」バリストン氏はいった。幽霊、と口にしたときの小ばかにしたようなようすがむしろ滑稽だった。あろうことか、常識人たるロバート・バリストンの口から〝幽霊〟などという言葉が出ようとは！――なんとおかしな組み合わせだろうか。

「幽霊、と呼ばれているものに関しては」ヴァンスがさりげなく訂正した。「確かに、それなりに詳しいつもりですが」

「別にわたしはなんとも呼んどらんがね」大富豪が嚙みついた。「そんなものは信じちゃいないし、そもそも存在するはずがない。物心ついた頃からそう教わってきた。父もわたしと同じ商売人だったものでね。ところがいま、わたしの身辺で妙なことが次々と起こっている。これはどうやらきみの得意分野のようだから、友人のウィテカーにつてを頼み、紹介状を書いてもらったしだいだ。挨拶が遅れたが、きみとも、デクスターくんとも、お目にかかれてじつに光栄だ」

むろんわたしたちも礼を述べた。そしてエイルマー・ヴァンスが、目下バリストン氏を悩ませている件について質問を始めた。

「つまりだな」彼は答えた。「ヴァンスくん、きみが家を借りたとする――しかも大枚をはたいてだ——なのにすぐさま追い出され、帰れる当てもないとしたらいったいどんな気分かね？　まったく愉快でたまらんだろう？　多少は我慢できるかもしれんが、さすがに限界というものがある」

「その家とは新しいものですか？」

「新しいだと？　とんでもない、かなり古い屋敷だ。いつの時代だなんて聞かないでくれたまえよ。その手のことは苦手なものでね。壕《ほり》をめぐらせた、いわゆる田舎屋敷だ。もともとは妻の希望だったんだがね、金ができたら広い屋敷を手に入れて、いつか社交界の仲間入りをするのが夢だったんだ。するとちょうど斡旋人が、わたしたちの出した条件——なによりもまず領地つきであること、近隣の連中の生活ぶりがよいこと、などなど——にぴったりな物件として、カンプリンの館を勧めてきた。〈ハンプシャーの森〉のすぐそばにある、海にもほど近い屋敷でね。じつに素晴らしい堂々たる館だったのだが、荒れ放題だった。かなり高価だったせいで、長いこと空き家だったらしい。ならばぜひ、とわたしは手をあげた。だが中をととのえるのに思ったよりも手がかかり、じっさいに引っ越すまでにまたずいぶんと金がかかった。ところがそれからひと月も経っていないというのに、このざまだ」彼は両手をひろげ、落胆するしぐさをしてみせた。

ヴァンスはひややかなまなざしで訪問者を見つめ、やがていった。

「あなたほどのおかただ、多少のことで音《ね》をあげるとは思えませんな。あなたをお屋敷から追い出したものとはいったいなんです、バリストンさん？」

「それはこちらが訊きたいくらいだ」バリストンが声をあげた。「わかるわけがない。文字どおり、姿もなければ物音ひとつしないのだ。あれだけの金をかけたんだ、居心地の悪い部屋などあるわけがない。ところが家族は誰ひとりとして、館の中にとどまっていられないのだ。明らかなのはひとつだけだ。みな、あまりの恐怖に逃げ出してしまうのだ」

「なにが恐ろしいのです？」

「それがわからないといっているだろう？　家族全員が次々と得体の知れない恐怖に襲われた。説明のしようがないのだが、わたしにわかるのは、とにかくそれが存在することと、われわれには手も足も出ないということくらいだ。たとえていうなら、目に見えないなにかが恐怖に震えていて、それがこちらに伝わってくるような感じだ。正体がなんだかわからんが、そのなにかが、いってみれば恐怖を振りまいているのだ」

「その場所や時間は限られていますか？」

「いいや。それがまた厄介の種でね。それなら単にその場所を避ければいいだけのことだ。なにしろ館が広いものだから、ひと部屋くらい開かずの間にしたところでどうということもない。だが例の現象は、時と場所をまったく選ばずに起こるのだ」

「全員が恐怖に襲われた、とおっしゃいましたな。ご家族は何人ですか、バリストンさん？」

「妻とわたし、それに子どもが四人だ。娘と息子がふたりずつで、歳は十二歳から十八歳。〝恐怖〟に最初に襲われたのは末の――十二歳の娘だ。娘ふたりにはたがいに行き来できるふた部屋を与えていた。引っ越してきたその晩のことだ。隣から妹の泣きじゃくる声がするので、ガートルード――上の娘だ――が見に行った。すると妹が、怖くて怖くて眠れない、でもなにが怖いのかよくわからない、というんだそうだ。ばかなことといわないの、と上の娘は笑い飛ばしたが、それでも妹が泣きやまないので、すこしでも安心させてやろうと思って、一緒に寝てやることにした。するとガートルードまでもが、怖くて怖くてたまらなくなったというのだ。そこで上の娘はすぐさまちいさなマイラを抱きあげると、自分の部屋へ連れていき、そこでふたりして横になったまま、それまでの恐怖を思いだしながら朝まで震えていたそうだ。わたしたちがそれを聞いたのも朝になってからだった」

「どなたかほかに、その部屋で寝てみましたか?」

「むろんだ、かわるがわる試してみた。息子たちとわたしでな。娘たちのいうとおりだった。つまり部屋がよくないらしいということで、そこはもう使わないことに決めた。これで一件落着だと思った。さらにあんなことが起こるまでは」

「ほかの場所でも同じことが起こった、ということですね?」

「そのとおりだ。その翌日、あるいは翌々日だったか、妻が客間で突然ヒステリーを起こした。自分になにか恐ろしいことが起こる、と騒ぎだし、落ち着くまでにしばらくかかった。さらにその後、使用人のひとりが階段から落ちてひどい怪我をした。休むために階上の部屋へ向かっていたところで、かなり遅い時間だったそうだ。なにか悪意のあるものがあとをつけてきた、と彼女はいった。そんなふうに、誰もかれもが館の中で恐ろしい目に遭った。数人まとめて同じ目に遭うこともあった。けっして長くは続かないのだが、きまって死にそうなほどの〝恐怖〟に襲われるのだ。わたしたち家族がカンプリンの館をあとにしたのも、ヴァンスくん、そしてわたしがここを訪れたのも、つまりはそういうわけだ」

ヴァンスはしばしの間考えこみ、やがて問いを発した。

「カンプリンの館の歴史をなにかご存じですか、バリストンさん?」

「さあな、その手のことには興味がなくてね。近隣の連中と顔なじみになる時間すらなかった」

「とおっしゃっても、前の持ち主の名くらいはご存じでしょう」

「むろんだとも。カンプリンの館は何百年もの間、オズワルド家が所有していた――十数年前に最後の生き残りが亡くなっている。彼は生涯未婚だったから、いまはもう直系の跡継ぎはひとりもいない。わたしの前の所有者は彼の甥だが、あの館に自分で住んで維持していくだけの金はない――そう斡旋人から聞いている」

「斡旋人からそれ以上のことはお聞きにならなかったのですね?」

「できるものなら、いまからでもやつを捕まえてくれ!」バリストンは鼻白んだ。「この取引で相当懐を温めたはずだ。あいつめ、館に関して不利なことはいっさい口にしなかった。まあ、商売人ならばしかたのないことだがな」

ヴァンスはさらにいくつか質問をして答えを引き出したあと、わたしとともに明日カンプリンの館に向かう旨を告げた。

「館にわれわれの世話をしてくださるかたはおられますかな?」彼は訊ねた。

「番小屋に門番のスミス夫婦が住んでいる。あとはもう誰も残っていない。きみたちが明日向かうと電報を打っておこう」するとバリストン氏はふいに元気になり、自信たっぷりにいい添えた。「ぜひとも頼むぞ、ヴァンスくん、この謎の真相を解いてくれたまえ。なにしろあのときの恐怖といったら、思わず髪の毛が逆立ってしまうほどだったのだからな！」

バリストン氏が帰っていく後ろ姿を見ながら、わたしは彼のわずかな髪の毛が、ほんとうに逆立っているところを想像してしまった。

翌日、わたしたちはカンプリンの館に赴いた。館は最寄り駅からでも数マイルはあった。わたしたちが滞在したいだけ滞在し、その間も自由に使えるようにとバリストン氏が自動車を一台用意しておいてくれた。車は近くの村に停めてあった。

わたしたちが敷地の門にたどり着いた頃には日が暮れつつあった。門を開けてくれたのはやや無愛想で無口な門番だった。みなさまをお迎えするため奥さまは館においでです、と彼はいい、自分も助手席に乗りこんだ。

館で寝泊まりしている者は誰もいなかった。つまりわたしたちだけで見届けろということらしい。

美しい楡《にれ》の並木を通り過ぎ、やがて道の両側に、手入れの行き届いた芝生と丁寧に植えられた花壇がひろがった――どこを見ても金がかかっているのが一目瞭然だ。

やがて車は屋敷の前についた。さまざまな建物を寄せ集めてつくったような、巨大な灰色の館だった。左右対称の形がとりわけ印象的だ。蔦の絡まる古びた塔を中心にして、周囲に新しい建物がにょきにょきと生えている。

身ぎれいな感じのよい女性に連れられて、わたしたちはひろびろとした玄関ホールを抜けて食堂へ案内された。テーブルには晩餐の準備がととのっていた。

ヴァンスが、温かい歓迎に対する感謝の言葉をふたことみこと述べた。

「滞在の間、あなたがお世話をしてくださるということでよろしいのかな？」彼はスミス夫人に訊ねた。

「ええそうです、夜は失礼させていただきますけどね」と答えが返ってきた。「夜以外は、例のものもあまり気になりませんから」

「例のもの？」ヴァンスは彼女に鋭い目を向け、訊いた。

「もちろんあの〝恐怖〟のことですとも。ほんとに、いつ襲ってくるかわかりゃしません。今日の昼過ぎにも一度感じましたけど、わりあいとすぐに終わりました。ああ、でも、夜はやっぱり怖くてしかたがないもんですからね。そうそう、お荷物は夫がお部屋まで運んでおいたはずですよ」とっさに話題を変えようとしてか、スミス夫人は急いでつけ加えた。

ちょうどそこに、夫のスミスがふたたび姿をあらわした。すこしでも早く館から出たいという顔だ。妻のほうは夫よりも腹が据わっていて、わたしたちを連れて階段をあがり、二階にあるひとつづきになったふたつの広い部屋まで案内してくれた。

「おふたりにこのお部屋をご用意するように、と旦那さまから伺ってます。まさにここが」

――スミス夫人は張りつめた、怯えた表情を浮かべ、ちらりと肩越しに振り返ったように見えた
――「例の、眠らずの部屋です。どなたもお使いにならなくなってずいぶん経ちますけどね」

「この館にまつわる話をなにかご存じですかね、スミス夫人？」ヴァンスが訊ねた。

「いえいえ、なんにも。わたしたち夫婦はロンドンの出でしてね。旦那さまがわたしたちをここへ」

「村人たちからなにか聞いていませんか？」

「ええ、ええ」答えはしどろもどろだった。「わたしも、夫も、そりゃあいろんな噂は耳にしますけど、あの〝恐怖〟にまつわる話なんてひとつもありゃしません。旦那さまがこのお館の主になるまで、そんな話は誰も聞いたことがなかったそうです。ルーク・オズワルドの旦那さまが亡くなったあとは、このお屋敷はずっと無人で、しかもそのかたも南側にある数部屋しか使っていなかったとか。なんでも変わり者の老紳士で、使用人をひとりだけ雇っていたほかは、たったひとりで暮らしていて、めったに人と会うこともなく、まわりからは〝哀れな爺さん〟とかなんとか呼ばれてたらしいですよ。使用人はサマーズ——ジョン・サマーズ——といって、ずいぶん歳がいってましたが、ご主人さまが亡くなると、まるであとを追うようにすぐ死んでしまったんだそうです。けど孫がいまでも村で暮らしてますよ——大工でしてね。オズワルド家のことを知りたいんなら、きっとその人が誰よりも一番詳しいはずだから、村へ行って訊いてみたらどうですかね」

「それはぜひ訪ねてみるとしよう」ヴァンスは答えた。「スミス夫人、お話しくださってありがとう」

そういって彼は、善良なるその女性を解放してやった。恐ろしいと評判の部屋からようやく逃げ出せるのがよほどありがたかったのか、あからさまに急ぎ足だった。

わたしたちに与えられた部屋には間にドアがあった、と先ほども記したと思う――つまり、まさにこの部屋こそ、ロバート・バリストンのふたりの娘が使っていた部屋だった。

〝出る部屋〟は――仮にそう呼んでおこう――ふたつのうちの狭いほうで、広いほうの部屋は――わたしにあてがわれたほうだ――どうやら昔は貴婦人用の寝室だったようだ。明るくて居心地がよく、窓は館の正面を向いている。どちらの部屋も一見ひじょうに現代的で、幽霊が出そうな雰囲気は微塵もなかった。つい最近になってから、うんと金をかけて趣向を凝らし、内装をととのえて飾り立てたらしいことは明らかだ。

その中にたったひとつだけ古い家具があり、それがふと目を惹いた。狭いほうの部屋にある、高い天蓋のついた、みごとな彫刻のほどこされたオーク材のベッドだ。

わたしはトランクを開けにかかり、その間もドア越しにずっとヴァンスに話しかけていた。彼の姿は見えなかったが、動いている物音は聞こえた。

「明日はかならず村へ行き、そのサマーズとかいう男に話を聞いてみるとしよう」彼の声がした。

「ぜひとも――」

ヴァンスが突然黙りこみ、押し殺した息遣いが聞こえた気がした。静寂が漂う。

わたしは鏡台のそばに腰をおろしていた。どうしたのだ、と訊ねようと振り向きかけたそのとき、ふいに冷たい風に頬を撫でられた気がして、思わずその場に凍りついた。このままでは命さえ危ない。だのにどうしても振り向けない。背後になにかがいる。

声を出すことすらできず、まるで舌がひからびて顎の裏にくっついてしまったかのようだった。

自分が震えているのがわかる。漠然とした不安と、じわじわと迫り来る死の恐怖と、いまにも後ろから首を締めあげてわたしの命を奪おうとしている長い指を感じて、ほかのことなどなにも考えられなくなった。いますぐではないかもしれない、だがそこまで来ている。迅速で、冷酷で、おぞましい死がわたしを待ちかまえている。

両手で肘掛けにしがみついていると、やがて、永遠とも思われた恐怖の瞬間は過ぎていった。終わったようだ。冷たい息がいま一度頬を撫でていき、気づくと首が動かせるようになっていた。部屋どうしをつなぐ戸口に、エイルマー・ヴァンスが立っていた。

額に手を当ててると、汗でびっしょりと濡れていた。

「きみも感じたんだな？」ヴァンスが穏やかな微笑みを浮かべ、いった。「じつに不愉快きわまりないものだ」

まったくそのとおりだとわたしは答えた。全力でうなずいた気がする。

「なんなんだ、いまのは？」わたしは訊いた。

「まさしく、それをわれわれで解き明かさねばならんのさ」ヴァンスは不安の残る顔でわたしを見た。「正体がなんであるにせよ、とにかく〝恐怖〟はわたしの部屋からきみの部屋へ移っていった——まるで、姿の見えないなにかにぴったりとついていくようにね——そのなにかは怯えている。しかもひどく怯えていて、そばに来た相手を、自分の感じている恐怖に誰かれかまわず引きこむんだ。なんとぞっとする体験だったことか。夜になればますます恐ろしいことは請け合いだ。デクスター、それでも大丈夫かね？」

わたしはぐっと彼の手を握り、むろんだと答えた。だが嬉々として、というわけにはいかなかったのはやはり認めざるを得ない。

夕食の席にあらわれたわたしたちを、スミス夫人は奇妙なものでも見るように眺めていたが、特になにもいわなかった。食事が終わると、明日の朝は早めに来て朝食を用意しますからね、といい残してそそくさと帰っていった。

その後、わたしたちはしばし腰をおろして煙草を吸ってから、ふたりして庭に出た。うだるように暑い夜だったからだ。

ほんの短い時間ではあった――しかもこのときはもう、あの、なにも考えられなくなるような恐怖は過ぎ去っていた――それでも、屋敷の中を満たしているとおぼしき邪悪な力からすこしでも逃れられるならば、とにかくありがたかった。おそらくこの館の壁の内側で、なにか身の毛もよだつような、忌まわしくも残酷なできごとが起こったのだ。そして長い時を経たにもかかわらず、その記憶はいまも消えていない。

夜風は涼しくて心地よく、かぐわしい香りに満ちていた。夜空には満天の星が輝いていたが、かなり暗かった。だがわたしたちは、ただ目的もなくぶらぶらと散歩していたわけではなかった。夜の館を外からじっくり調べたい、とヴァンスがいいだしたのだ。

まず館のまわりを二周した。張り出した棟にはほぼすべてに広いテラスがついていたが、裏手に回ってみると、中央の塔の足もとのあたりには、生垣に縁取られた狭い芝生があるだけだった。

塔には窓がいくつかあったが、はるか上方にはどうやら複数の窓がついた円形の部屋があるらしく、そこの窓がひとつ大きく開け放たれていた。見あげていると〝恐怖〞がふたたびわたしたちに押し寄せてきた。だがそれはほんのつかの間で、身体が動くようになると、その感覚はたちまち消えてしまった。

しばらくのち、ようやく気分も落ち着いたので戻ることにした。もうあのぞっとするような感覚がよみがえることはなかった。だがまだ身がまえたままそこに立っていると、ふいにヴァンスがわたしの肩に手を置き、もう片方の手で塔の上を指さして声をあげた。

「見たまえ、デクスター。おかしなことに気づかないかね？」

見あげたとたんにわかった。ほんの数分前まで開け放たれていたはずの窓が閉まっている――いま、屋敷には誰もいないはずなのに。

「いま何時だ、デクスター？」彼にしては興奮している。「これは重要なところだぞ」

わたしはマッチを擦って腕時計を見た。午後十一時半だった。

この一件のあと、わたしたちは屋敷に戻った。できれば濃いウイスキーのソーダ割りでも引っかけたいくらいだった――この夜の恐怖はまだ始まったばかりだという気がしたからだ。

しかもまだこれから〝出る部屋〞と向き合わなければならない。

ところが、わたしも今夜はそちらの部屋で調査につき合おう、と申し出たところ、ヴァンスはかぶりを振った。きみの神経はもうずいぶん参っているはずだ、といわれ、喰いさがってはみたものの、情けないことにあっという間にいいくるめられてしまった。それでも、万が一のときにはすぐに助けに行けるよう間のドアは開けておいてくれ、とだけはしつこく頼んでおいた。

わたしたちはそれぞれ部屋に引き取ったが、とりあえずわたしには眠るつもりなどなかった。ベッドで何度も寝返りを打ちながら、いまにもヴァンスの呼ぶ声がするのではないかと耳をそばだてていたが、やがていてもたってもいられなくなり、ついには起きあがって、隣の部屋に彼のようすを見に行った。

驚いたことに、ヴァンス本人はすやすやと眠っていた。笠つきのランプがベッド脇にともっていて、ヴァンス本人は近づいても身じろぎさえしない。彼が〝恐怖〟に襲われていないのは見るからに明らかだった。でなければとても眠ることなどできるはずがない。

わたしは足をしのばせながら自分の部屋へ戻り、もう一度横になった。ほどなく気持ちも落ち着き、わたしは眠りに落ちて、窓から射す朝日に起こされるまで一度も瞼を開けなかった。

ヴァンスはすでに起きて着替えを済ませており、わたしが起き出した気配を察して、眠れたかいと声をかけてきた。

「わたしはじつによく眠れたよ」彼は朗らかにいった。「〝恐怖〟の気配どころか、なにも感じなかった」

「その部屋で眠れた人など、これまで誰もいなかったというのに！」わたしは首をかしげた。「いったいどういうことなんだ、ヴァンス？」

彼は肩をすくめた。

「なんともいえんな――いまはまだ。今夜、もうひと晩見届ける必要がある。わたしなりの推理があるにはあるが、とりあえずは胸にしまっておくとしよう」

「ともかく、今夜はわたしがそちらの部屋で寝るからな」わたしは堂々といいきった。朝日を浴びたとたんに、なりをひそめていた勇気が舞い戻ってきたからだ。「わたしの千里眼の力が、きっと謎解きの役に立つにちがいない」

スミス夫人が素晴らしい朝食を用意してくれていた。彼女は根掘り葉掘り訊きたそうな顔をしていたがあえてなにもいわず、ヴァンスとわたしもそれに気づかぬふりをしていた。

午前中は館を調べて回った。当然ながら、まず注意を向けたのは塔だった。

肖像画の並ぶ廊下から螺旋階段をのぼり、最上階にある円部屋に向かった。

部屋にはきちんと家具が揃っていた。明らかにバリストン氏の手によるものだろう、やや東洋ふうで、年季の入った壁にはタペストリーがかかっている。現代的な内装がどこかちぐはぐだ。わたしたちはほどなく、昨夜開け放たれていたあの窓を見つけた。いまは完全に閉ざされている。窓は大きくて重く、動かすのもひと苦労で、わたしたちふたりがかりでようやく開いたというところだった。そこから見おろすと、真下にちいさな茂みがあった。昨夜わたしたちが〝恐怖〟の念に襲われた、まさにその場所だ。

だが謎解きのヒントとなるものは見当たらず、とりあえず夜になってからもうすこし調べようということになった。

午後になると、大工のサマーズ氏に話を聞くために村へ出かけた。

ところが運の悪いことに、彼はその日朝から出かけていた。しかたがないので、では明朝お目にかかりたい、という伝言だけを残してきた。ほかにもあれこれと訊いて回ったが、すでに知っていること以外にあまり収穫はなかった。

サマーズ氏を除き、村人たちはただのひとりも――とりあえずわたしたちの聞いた中では誰も――無人となってからの館には足を踏み入れていないとのことだった。むろんさまざまな噂はあちこちで聞かれたが、いずれも信憑性は低く、〝恐怖〟についてはまったく触れられていなかった。サマーズ氏の父も祖父も口が堅かったというが、いまのサマーズ氏も、過去になにか不都合なことがあったとは頑として認めないらしい。所詮はただの噂、と相手にもしないという。

館へ戻ったのは午後六時頃だった。そして昨夜とまったく同じ時刻に、ヴァンスとわたしはまたしてもあの〝恐怖〟の念にふたたび襲われた。ただしわかったのは、〝恐怖〟が狭い部屋から広い部屋へ移動したあと、廊下へ出ていったということくらいだった。ドアの外に出ると、ますますその存在がひしひしと感じられた。

わたしたちはその足で塔に向かい、窓がすべて閉まっていることを確かめた。

そののち、昨晩と同様にスミス夫人ともども夕食をとったが、食事を終えるとわたしたちはそそくさと部屋へ引き取った。自分の推理が正しいかどうか確かめたい、とヴァンスがいったからだ。つまりこういうことだ。昨晩彼がなにものにも邪魔されずに眠ることができたのは、あの部屋で寝た全員が経験した例の〝恐怖〟が、すでに通り過ぎたあとだったからなのだ――つまり〝恐怖〟は彼が寝床に入るより前にやって来たので、そのおかげでやり過ごすことができたということだ。

「あの部屋で朝まで過ごしたという者がひとりでもいたとは、バリストン氏はいっていなかった」と彼はいった。

そこで、今度はわたしが〝出る部屋〟で寝ることになった。わたしは服を着たままベッドの端に横になった。ヴァンスは隣の部屋でベッドに上体を起こし、部屋じゅうの明かりをつけて本を読んでいた。時間は午後十時半だった。

三十分後、〝恐怖〟がわたしに襲いかかってきた。

そのときの感覚はすでに説明済みなのでここでは繰り返さないが、これだけは記しておく。その夜の〝恐怖〟のすさまじさは、以前の百倍とも思えるほどだった。

わたしは身をこわばらせたまま横たわっていた。隣の部屋にいるヴァンスの存在はすぐ近くに感じられるものの、声が出ず、助けてくれと叫ぶこともできない。額は汗でじっとりと濡れ、わたしという存在のすべてが、いまにも訪れようとしているもの――すぐそこに迫った、けっして逃れられない、ぞっとするようななにか――に対して身がまえた。

目に見えるものはなにひとつないというのに、そのときふいに、ベッドに誰かもうひとりいる、と感じた――誰かが横に寝ている。全身を震わせて泣きじゃくっているので、身体の下にあるものが、ベッドからなにから小刻みに揺れているようにすら思える。

片手をのばしてみても、触れるものはなにもない。だが――わたしにはわかっていた。

どれほど長いこと、そのまま横たわっていただろう。永遠とも思えたその時間は――じっさいには十五分ほどだったにちがいない。とりわけ耐えがたかったのは、なにもできない無力感、そして〝恐怖〟が以前のごとくただ通り過ぎていくのではなく、しだいに膨らみ、つかの間とはいえひじょうに激しいものとなるさまをまざまざと感じさせられたことだった。苦しみは一瞬ごとにすさまじさを増し、わたしを襲った。なにかが起こる、いまにも——そう、いまにも。

いつしかわたしはベッドに上体を起こして耳をそばだて、危険が迫り来る足音を必死にとらえようとしていた。おそらく千里眼の力のせいで、感情がより過敏になっていたのかもしれない。このときのわたしはまさしく、どんなちいさな苦悶もすべて感じ取っていた。そう、これらの苦しみは、過ぎ去りし遠い昔にこのベッドを使っていた誰か、先ほどまで隣にいた誰かのものだ。しかもそうしている間、激しい物音がずっと続いているような気がしてならなかった。だがあの音が、わたしの脳がつくり出した幻聴ではなかった、ともやはりいいきれない。

あれがほんものの音だったなら、あのやかましさにヴァンスが気づかぬはずがない。だが彼は隣の部屋であいかわらず静かに本を読んでおり、わたしが責め苦に耐えていることになどまるで気づいていなかった。

やがて、階下でそっとドアを開け閉めする音がしたかと思うと、なにものかの気配が近づいてきた。しのび足で階段をのぼってくる。聞き耳をたてていたわたしは絶叫した、つもりだった——だがいまでこそわかるが、あのとき、わたしの唇からは声などいっさい出ていなかった。なにもかも、わたしの脳がつくり出した幻だったのかもしれない。あの、世にも恐ろしいひとときのできごとも、わたしが発した悲鳴も——そのときかすかに聞こえていた、眠りを妨げられて泣いている幼い子どもの怯えた泣き声も。

廊下から荒い息遣いが聞こえ、それがついにドアの前までやって来た。

毛根がざわ、とした。いつぞやの、バリストン氏の言葉がふいに脳裏によみがえる。〝あのときの恐怖といったら、髪の毛が逆立ってしまうほどだったのだからな！〟

あのときはつい面白がってしまったが、自分が同じ目に遭ってみてようやくわかった――いままさにわたしが耐えているこの恐怖を一瞬でも経験したのなら、バリストン氏のいいぶんもけっして大げさではなかったのだ。

恐怖に目を見ひらいたままドアを見つめていると、ゆっくりと取っ手が回りはじめた。もうよく憶えていないが、さらに大声で悲鳴をあげたように思う。感覚がかなり過敏になっていた。先刻からかたわらにいた誰かがベッドから飛びおり、裸足のままパタパタとヴァンスの部屋へ駆けていく足音がした。

子どもがぐずって泣く声は、その間もずっと聞こえていた。先ほど裸足で走っていった誰かに抱きかかえられ、隣の部屋に連れていかれたらしい。

それはふいに終わった――恐ろしい幻はいつしか消え去っていた。わたしは荒く息をつきながらその場に横たわり、ずたずたになった感覚を必死でかき集めた。

手足が動くようになると、自分でもよくわからない衝動に突き動かされるままとにかくベッドから跳ね起き、慌ててわが友人の部屋へ駆けこんだ。

ヴァンスは椅子に腰かけたまま動かなかった。先ほどまで読んでいた本が床に落ちていた。その顔は不安げに引きつり、廊下に続くドアをまばたきもせずに見つめている。

〝恐怖〟がわたしの部屋からこちらの部屋へ来て、いまヴァンスを襲っているのだ。

「ドアの前だ」彼はかすれた声でいった。「感じないか、デクスター？　ほら、ドアの前にいる」幻がふたたびよみがえる。ドアのこちら側で、誰かが必死になってハンドルを回そうとしていた。震える手で、必死に鍵を開けようとしている。

そして、子どもの泣き声も。

だが、悪夢はやがて去っていった。ヴァンスは勢いよく立ちあがり、わたしたちはしばしの間、ただ呆然と顔を見合わせていた。

先ほどのわたしがそうだったように、ヴァンスもしばらくすると落ち着きを取り戻した。

「デクスター」彼はかすれた声でつぶやいた。「追うぞ」

彼は返事を待たずに戸口へ向かい、ドアを引き開けた。わたしたちは真っ暗な廊下に飛び出した。

ありがたいことに、彼は懐中電灯を持っていた。あたりは完全な闇に包まれていたので、それがなければ慣れない回廊や階段で迷ってしまったにちがいない。

しかもこれだけはいっておくが、わたしたちが追っていた相手は、姿も見えなければ物音ひとつたてなかったのだ——わたしたちは、思わぬやりかたで伝えられてきた恐怖という名の糸を、ひたすらたぐり寄せるしかなかった。

進むうち、前を行くなにかが、さらになにかを追っているらしきことに気づいた——追う側は容赦なく激しく獲物を狩りたて、いっぽう追われる側は恐怖に悶えながら、どうにかして逃れる道を見いだそうと足掻いている。

わたしたちは肖像画の廊下を過ぎて塔に入り、最上階の部屋へ誘《いざな》われた。夜気が額を撫でる。窓が開け放たれていた。ここが、〝恐怖〟が最後にたどり着いた場所だった。おそらく普通の人間にはただの静まりかえった部屋にしか見えないが――わたしには、部屋じゅうに不気味な物音が響きわたっているように思えてならなかった。

じっさいに見えてはいないものの、世にも忌まわしい悲劇がまさしくいま繰りひろげられているという気配に、ヴァンスとわたしは根が生えたかのごとく、ただその場に立ち尽くしていた。

やがて窓が静かに閉まり、すべてが終わった。

ようやくほっとした。これ以上の緊張が続いたら、おそらくわたしは気が変になってしまったにちがいない。ふとヴァンスを見ると、額に大粒の汗をにじませ、死人のような青い顔をして、両手と両肩を震わせていた――彼もわたしと同じ〝恐怖〟を味わっていたのだ。

「消えた」彼はつぶやいた。「終わったぞ！」

「ありがたい！」わたしは息を弾ませながら答えた。「さっさとここを出よう、ヴァンス、また恐怖が襲ってこないうちに。こ――これ以上耐えられない」

「大丈夫だ、今夜はもう来ない」笑顔が引きつっている。「だがとりあえず食堂へ行こう、デクスター、ブランデーと煙草で気持ちを落ち着けようじゃないか」

わたしはふたつ返事で賛成し、強いブランデーのおかげでようやく調子が戻ってきた。

そこで、最初のほうで起こったできごとをヴァンスにすべて話した。例の〝恐怖〟が、ベッドに寝たまま助けを求めようにも声すら出ないわたしを、いかにしてじわじわとのみこんでいったかを。

「どう思う?」わたしは訊ねた。

すると彼は肩をすくめ、いまはまだせいぜい推測がいいところだ、といった。

「明日になれば光が見えてくるかもしれない」彼は続けた。「つまり、サマーズ氏の口を割らせることができればだが」

それでもわたしたちは一時間ほど意見を交わし合い、さほど真実から遠くないところにたどり着いていることを確認した。それからようやくベッドに戻り、ふたりとも朝までぐっすり眠った。

翌朝、サマーズ氏を捜し当てた。彼はどちらかといえば無口な若者だったが、結局はエイルマー・ヴァンスの不思議な魅力に負けて、知っていることをみな話すと承知した。ただし家族の名誉のために、この話を世にひろめることだけは絶対にしてくれるな、と念を押された。

「じつをいうとさ」彼はいった。「あんたがたがあの不気味な現象を止めてくれるんなら――カンプリンの館から亡霊を追い出してくれるんなら――こっちとしては感謝してもしきれねえし、こんなありがたいことはないんだ。なにせ祖父《じい》さんは――とにかく、話を済ませちまおう」

わたしたちはちいさな店の中に案内され、そこに腰をおろして、カンプリンの館の物語に耳を傾けた。むろんその中には、いまのわたしたちにとってとりわけ興味深い話が含まれていた。

カンプリンの館は、何世紀にもわたってオズワルド家の持ちものだった。館は父から子へ受け継がれ、跡継ぎが絶えることはなかったが、十九世紀の中頃、当時の主《あるじ》であったジャスパー・オズワルドが長男のルークと仲たがいした。この長男がまた手に負えない若造で、父親を怒らせるようなことばかりしていた。ルークは二十一歳になる前に家を出て、やがて死んだという噂が流れた。

　というわけで、ジャスパーが亡くなると、ルークの弟のフィリップが館を継いだ。

フィリップにはエレンという美しい妻と子どもがひとりいて、ふたりはこの子を溺愛していた――息子は二歳だった。オズワルド家の男はみな気性が荒かったが、フィリップもやはりそうで、激しやすく野心にあふれた男だった。

　ところがじつは、長男のルークは死んでなどいなかった。彼は弟一家が館に引っ越してきたとたんに戻ってきて、館も土地もすべて自分のものだと主張した。だがフィリップ一家はルークの顔を忘れていたので、この男は彼の名を騙るにせものだと決めつけた。ルークはこの件を裁判所に持ちこんだが敗訴した。身元を証明することがついにできなかったのだ。どうやらフィリップが証人に賄賂を送り、兄にとって不利な証言をさせたらしい。

　そして裁判のあと、ルークが弟に会いに館へやって来た。フィリップは妻子とともに食堂にいたが、兄が訪ねてきたと知ると、追い返せと使用人たちに命じた。

　ルークは振り向くと悪態をつき、おまえたちをみな殺しにしてやる、と口走った。だがひと思いに殺してなどやらぬ、おれを苦しめたぶん、おまえたちにも同じ苦しみを与えてやる。〝恐怖〟という責め苦を、死が迫り来る恐怖を存分に味わうがいい。いついかなるときも、死の影に怯えて暮らすのだ。それがおまえらの運命だ、と。

　その表情を見れば、彼が本気であることはわかった。

それ以来フィリップ一家に心の安まる日はなく、どこへ行こうと死の恐怖が彼らにまとわりついた。そのときからだ、カンプリンの館の壁に〝恐怖〟が染みつき、季節を問わずほぼ一年じゅう、館を満たしつづけているのは。

「で、ルーク・オズワルドはほんとうに弟を殺したのか?」ヴァンスが訊いた。

大工は肩をすくめた。

「フィリップ・オズワルドは、裁判が終わった半年後に謎の死を遂げた。沼で溺死しているのが見つかったんだ。密猟者たちとしじゅう揉めてたから、連中に殺されたんだろうってことで事件は収まった。だが真犯人は謎のままだ」

「妻子はどうなった?」

「女子どもだろうとルークは容赦しなかった。目的は復讐だけじゃなかったのさ。館を取り戻し、自分の子孫という正しい跡継ぎの手に渡したいとルークは願ってた。だがじっさいになにがあったのかは誰も知らない。さらに半年ほど過ぎたあと、こんな噂が流れた。気のふれたエレン・オズワルドが、取り乱したあげくにわが子を塔の窓からほうり投げて殺しちまったっていうんだ。彼女は精神病院に送られ、まもなく亡くなった。数年後、ルーク・オズワルドが、カンプリンの館の正統な跡継ぎはまさしく自分だという証拠をたずさえてあらわれ、ついに館を手に入れて、あの場所に引っ越してきた。そして初めのうちは、贅沢きわまりない暮らしを満喫しているように見えた。

だが、じつはすべてが行き詰まってたんだ。ルークは美しい令嬢と婚約してたが、その婚約者にも、結婚式の数日前に死なれちまった。結局ルークは一生独身で、跡継ぎとなる子どもも生まれなかったから、やつの死後、オズワルドと名のつく者が館の主になることは二度となかった。しかもなぜか周囲からも避けられはじめた。人当たりが悪かったせいだろうな――借地人たちに対して冷たくて厳しかったから、結局みんなに嫌われて、やつのために働きたがる者はいなくなり、領地はどんどん荒れていった。ついには健康にも見放され、歳のわりにやつれて老けこんじまった。傍目《はため》には、まるで幽霊にでも取り憑かれているみたいに見えたらしい。

使用人たちも誰ひとり、ルークのもとにはとどまらなかった――おれの祖父さんを除いてね。祖父さんはフィリップの時代からあの家に仕えてたんだが、気難しくて陰気で、神も悪魔も恐れないような、相当な変わり者だった。館の大部分を閉ざして数部屋だけを使い、誰にも会わず、誰にも会いたがらずに暮らしてた――ふたり組の世捨て人、ってとこさ。

十二年前にルーク・オズワルドは亡くなって、やつの人生は、館の外の世界の連中にとっては結局謎のまま終わった。カンプリンの館は最も近い親戚の手に渡った。なんでも遠縁のいとこだそうだが、館には興味もなければ、オズワルドの名も持ってなかった。そいつは新しく自分のものになった館を見にハンプシャーへも来たが、ほんの数日滞在しただけで、あとは不動産屋にすべてまかせてさっさと帰っちまった。それ以来さっぱり姿を見てない」

「その彼もあの館で〝恐怖〟に襲われた」ヴァンスが水を向けた。「そこで館を売りに出し、とりあえずその場を切り抜けようとした、そうきみは考えているのだな」

「あの館に自分で住むほどの金はない、っていわれただけさ」サマーズの答えは慎重だった。「そもそもおれは、あの男が館の持ち主だった頃になにがあったかなんていっさい知らない。おれの祖父さんは、やつが来た翌年に自分がくたばるまで管理人としてあの館に残ってたんだが、いよいよ臨終ってときになってようやく、おれの親父にすべてを打ち明けた。そして親父もいよいよ最期を迎えようってときになってやっと、おれにこの話を聞かせてくれたんだ。おれたちの名誉のためにかならず秘密は守れ、といい遺して」

「その秘密をわれわれに話してくれたわけだね？」ヴァンスが穏やかに訊いた。

若者の頬が赤くなる。

「ただのひとりごとさ」彼はいった。「祖父さんはフィリップに仕えてた間――そしてフィリップが亡くなったあとも――じつはルークに雇われてたんだ。あのぞっとするような一年を、裏で手引きしていたのはまさにおれの祖父さんだったのさ。ルークが自由に館に出入りできたのは、祖父さんの手助けがあったからだ。そもそも」――彼は目を伏せた――「あの気の毒な奥方が、自分でわが子を窓からほうり投げるはずがない。ああ！　あんたたちにだってわかるだろう？地下室から屋根裏に至るまで恐怖の念が染みこんだあのカンプリンの館には、もう人なんか住めないってことが。

だからおれはバリストンさんに勧めた」彼は話を締めくくった。「館を跡形もなく壊して更地《さらち》にし、そこに新しいお屋敷を建てたらどうか、って。おれにはそれ以外思いつかない」

この興味深い話を聞いたあと、ヴァンスがわたしにいった。「わたしとしては、できればわれらの友人なるあの大工の勧めどおりになってほしいところなんだがね。デクスター、あの館そのもの、そしてあの場所に漂う空気がわれわれの見たままに保たれているかぎり、これ以上はきみにもわたしにも、むろんほかの誰にも手のほどこしようがない。

　つまりこれが、わたしたちの道楽の最も厄介なところなんだ」彼の声にはどこか哀愁が漂っていた。「今回のバリストン氏のように、助けを求めてわれわれを訪ねてくる人々は、わたしたちが摩訶不思議な謎めいた力で霊を鎮めたり、霊に彼らの望みを伝えたりすることができると思いこんでいるふしがあるが、じつはわたしたちにそんな力はない。何百年も昔に証明されたことをあらためて目の前に示しているだけだ。この世もあの世も、まだまだいまの人間にはとうてい理解できないことばかりなんだ。

　考えれば考えるほど、あの言葉に――サマーズの言葉に――うなずかずにはいられない。長年経験を積んできたつもりだったが、まさかあんな若者に図星をさされるとはね――そう、跡形もなく壊すしかないんだ。カンプリンの館もしかり、というわけさ」

解説

植草昌実

十九世紀末から二十世紀初頭にかけてのイギリスは、名探偵の時代であった。

一八八七年にコナン・ドイル『緋色の研究』で初登場したシャーロック・ホームズは、一度はライヘンバッハの滝に姿を消したものの、一九〇二年の『バスカヴィル家の犬』を露払いに、翌〇三年の「空家事件」で帰還し、ファンたちを熱狂させた。〇七年にはソーンダイク博士（オースチン・フリーマン）が『赤い拇指紋』で科学捜査の先鞭を切り、一〇年からは「青い十字架」のブラウン神父（G・K・チェスタトン）が、奇妙な犯罪を特異な論理で看破するようになる。推論と洞察のみで不可能に挑む〈思考機械〉ヴァン・ドゥーゼン教授（ジャック・フットレル）や、名探偵自身が謎の人である〈隅の老人〉（オルツィ男爵夫人）など、〈シャーロック・ホームズのライヴァルたち〉と呼ばれる名探偵たちは、探偵小説の黄金時代である二〇年代に向けて続々と登場し、枚挙に暇がない。

一方、少し前の十九世紀半ばからは、心霊主義の時代でもあった。アメリカから持ち込まれた交霊術や心霊現象がブームを起こし、一八八二年にはロンドンで「心霊現象研究協会」が設立された。数多く参加した科学者や文筆家のうちには、のちに降霊術に没頭し妖精の存在を信じたドイルの名もある。

そこで、こんな想像をしてみた。

「名探偵」と「心霊主義」の二つのブームが、いわゆる〈オカルト探偵〉という一つのジャンルを誕生させたのではないか。

そこで、怪奇小説におけるオカルト探偵の登場時期を調べてみた。マルティン・ヘッセリウス博士（レ・ファニュ）最初の事件である「緑茶」が一八六九年。アーサー・マッケン『三人の詐欺師』の探偵役ダイソンは、九四年の「内奥の光」にはじめて登場する。どちらも心霊主義ブームのさなかに現れたと言ってもよさそうだ。なお、九七年にはブラム・ストーカーが、ヴァン・ヘルシング教授を『吸血鬼ドラキュラ』と対決させている。

ホームズよろしく短篇のシリーズで活躍した探偵を挙げてみると、たとえばフラックスマン・ロウ（E&H・ヘロン）が一八九八年、ジョン・サイレンス博士（アルジャーノン・ブラックウッド）が一九〇八年、カーナッキ（W・H・ホジスン）が一〇年に、それぞれ最初の事件に取り組んでいる。このあたりから一九二〇年代にかけては〈ホームズのライヴァルたち〉の怪奇幻想版よろしく、サイモン・イフ（アレイスター・クロウリー）やフランシス・チャード（A・M・バレイジ）など、数々のオカルト探偵が登場している。

本書の主人公であるエイルマー・ヴァンスも、その中の一人だ。

作者は、彼にシャーロック・ホームズに近いイメージを持たせようとしたか、描写にある「引き締まった長身」「鋭い目」「細く長い指」「色の薄い痩せた顔」などの特徴から浮かんでくるのは、なるほどどこか似た姿だ。年齢は四十代前半（推定）、ときどき遺跡発掘に行くほかは何の仕事をしているのかわからないあたりも、その印象を強める。

だが、見た目に相違して、ヴァンスはあまり名探偵らしさや、怪奇事件の専門家の様子を見せない。元〈幽霊研究会〉の主事という設定だが、オカルティズムの知識を駆使するわけでもないし、カーナッキの「電気五芒星」のような、怪異に対する道具も持たない。彼は事件と、その渦中にある人々を冷静に観察し、最善を尽くすために行動する。必ずしも事件を見事に解決できるわけではない。人知を超えたものに畏怖する結末を迎えることもある。物語としては探偵小説の枠にありながら、その味わいはまぎれもなく怪奇小説なのである。そして、事件に関わる人々へのヴァンスの姿勢は、実に誠実だ。彼がしばしば、「どこか冷たい雰囲気」を感じさせる顔に、独特のあたたかみのある「笑み」を浮かべるのは、その誠実さの現れであるように読める。

ヴァンスがいわゆる「オカルト探偵」らしくなるのは、第三話まで聞き手をつとめてきた友人の弁護士デクスターが、ワトスン役として共に事件に関わる第四話「消せない炎」からだろう。続く第五話「ヴァンパイア」以降は、ヴァンスはホームズよろしく依頼を受けて事件に取り組むようになる。事件も多彩で、吸血鬼、ポルターガイスト、音楽の呪縛と続き、第八話「恐怖」ではホラー史上でも類を見ない怪現象が起きる。

事件のほかに、ほとんどの作品に魅力ある女性が登場するのも、この連作の特徴だ。その誰もが美しく、個性的だが、それぞれ配偶者がいたり、婚約していたりで、ヴァンスとのロマンスの気配はない。だが、それでいいのである。名探偵も騎士の末裔、窮地にある婦人を救うのはその務め。それだけではない。作品のほうを先にお読みの方にはおわかりだろう。そう、ヴァンスは「あの女性」への思いだけを胸に秘めているのだろうから……。

エイルマー・ヴァンスの八つの物語は、*The Weekly Tale-Teller* 誌の、一九一四年七月四日号から八月二十二日号まで連載された。ヴァンスの活躍はある年のひと夏だけだったことになる。なぜ、そんな短期間で終わってしまったのかはわからないが、もっと彼の登場作があればと思うと、残念な気もする。この連作をアンソロジストのジャック・エイドリアンが発掘し、怪奇小説を主とする出版社 Ash Tree Press が限定五百部で刊行したのは一九九八年のこと。その後、折々に版を変えて出版されている。

本書の著者、アリスとクロードのアスキュー夫妻は、二十世紀初頭に人気を博した大衆小説家のひとりだ。軍人の家に育ったアリス・ジェーン・デ・コーシー・リークスと、牧師の息子クロード・アスキューが結婚したのは一九〇〇年。両家ともロンドンの名家だったため、新聞にも大きく取り上げられたという。

アリスは趣味で創作に手を染め、作品が雑誌に採用されたこともあったが、一九〇四年にはじめて、クロードと小説を合作する。ある日曜日の朝、何気ない会話をきっかけに二人で筋立てを作りあげた長篇 *THE SHULAMITE* である。南アフリカを舞台に、豪農の妻とイギリス人旅行者の恋を描いたこの作品は、発表後間もなく舞台化された。二一年にはグロリア・スワンソン主演で映画化され、「銃口に立つ女」として日本でも公開されている。それ以降、夫妻は合作を続け、多い年で十一作、少ない年でも四作の長篇小説を上梓した。

クロードが少年時代に、亡命中のセルビア皇太子ペータル・カラジョルジェヴィッチ（のちの国王ペータル一世）の知己を得ていたこともあってか、一五年には夫妻ともに新聞社の特派員として、第一次大戦の渦中にあるセルビアに派遣された。二人は現地で取材したことを、翌年にノンフィクション *THE STRIKEN LAND* にまとめた。

小説家としての地位をなしたうえに、ノンフィクション作家として新たな一歩を踏み出して間もない一九一七年、夫妻に不幸が訪れる。十月五日から六日にかけての夜間、ローマからコルフに向かう船に夫妻は乗船していたが、Uボートに撃沈され、ともに命を落としたのだ。

死後に出版されたものを含め、アスキュー夫妻の長篇小説は九十一作に及び、その中には「銃口に立つ女」の他にも映画化されたものが数作ある。が、今はほとんどが、好事家が古書市場で求めるものになっているらしい。現在では、この『エイルマー・ヴァンスの心霊事件簿』が、夫妻の著作の中では（比較的にではあるが）もっとも手に入れやすいようだ。

日本では、幻想文学の研究家、中島晶也氏が、数年前にブログ Weblog on the Bordarland で紹介しているので、そちらで本書を知った方も、少なくないことだろう。本国での発表から百年を経たこの訳書が、読者に歓迎されることを願っている。

アリス＆クロード・アスキュー Alice & Claude Askew
イギリスの小説家。妻アリス（1874生）と夫クロード（1865生）は1904年、合作小説*THE SHULAMITE*を発表。すぐに舞台化され、のちに「銃口に立つ女」（1921）として映画化もされた。以降、恋愛、犯罪はじめ多彩な題材の小説を、多い年には10作以上刊行する流行作家となる。1917年、イタリアでの旅程中に乗船がUボートに撃沈され、ともに死去。生涯に91作の長篇小説と1作のノンフィクションを遺した。

田村 美佐子（たむら みさこ）
英米文学翻訳家。1969年生まれ。上智大学大学院文学研究科英米文学専攻博士前期課程修了。ホフマン『マットの魔法の腕輪』、ジョーンズ『詩人たちの旅』『聖なる島々へ』、デュエイン『駆け出し魔法使いとはじまりの本』、ウォルトン《マビノギオン物語》ほか、ファンタジーを中心に訳書多数。

ナイトランド叢書

エイルマー・ヴァンスの心霊事件簿

著 者　アリス＆クロード・アスキュー
訳 者　田村美佐子
発行日　2015年12月29日

発行人　鈴木孝
発 行　有限会社アトリエサード
東京都新宿区高田馬場1-21-24-301 〒169-0075
TEL.03-5272-5037 FAX.03-5272-5038
http://www.a-third.com/ th@a-third.com
振替口座／00160-8-728019
発 売　株式会社書苑新社
印 刷　モリモト印刷株式会社
定 価　本体2200円＋税
ISBN978-4-88375-219-5 C0097 ¥2200E

TH Series ADVANCED（評論・エッセイ）

高原英理

「アルケミックな記憶」

四六判・カヴァー装・256頁・税別2200円

妖怪映画や貸本漫画、60～70年代の出版界を席巻した大ロマンや終末論、SFブームに、足穂／折口文学の少年愛美学、
そして中井英夫、澁澤龍彦ら幻想文学の先達の思い出……。
文学的ゴシックの旗手による、錬金術的エッセイ集!

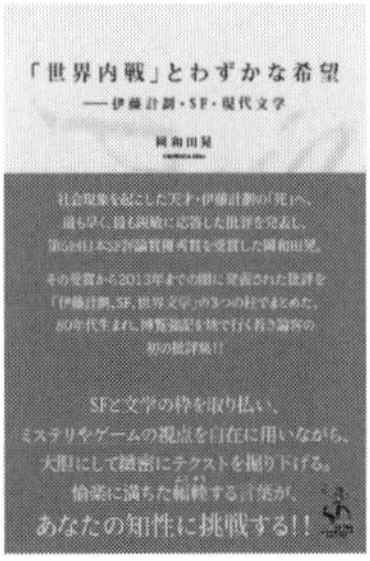

岡和田晃

「「世界内戦」とわずかな希望～伊藤計劃・SF・現代文学」

四六判・カヴァー装・320頁・税別2800円

SFと文学の枠を取り払い、
ミステリやゲームの視点を自在に用いながら、
大胆にして緻密にテクストを掘り下げる。
80年代生まれ、博覧強記を地で行く若き論客の初の批評集!

樋口ヒロユキ

「真夜中の博物館～美と幻想のヴンダーカンマー」

四六判・カヴァー装・320頁・税別2500円

古墳の隣に現代美術を並べ、
ホラー映画とインスタレーションを併置し、
コックリさんと仏蘭西の前衛芸術を比較する――
現代美術から文学、サブカルまで、奇妙で不思議な評論集。

小林美恵子

「中国語圏映画、この10年～娯楽映画からドキュメンタリーまで、熱烈ウォッチャーが観て感じた100本」

四六判・カヴァー装・224頁・税別1800円

10年間の雑誌連載をテーマごとに再構成し、
『ベスト・キッド』等の娯楽映画から、
『鉄西区』等の骨太なドキュメンタリーまで、
中国・香港・台湾など中国語圏映画を俯瞰した貴重な批評集!

詳細・通販は、アトリエサード http://www.a-third.com/